饱足的荒年

游者·著

天津出版传媒集团

百花文艺出版社

图书在版编目（CIP）数据

饱足的荒年 / 游者著. -- 天津：百花文艺出版社，
2025. 3. -- ISBN 978-7-5306-9032-1

Ⅰ. I247.5

中国国家版本馆 CIP 数据核字第 20250BC053 号

饱足的荒年
BAOZU DE HUANGNIAN

游者 著

出 版 人：薛印胜
丛书策划：成 全　　责任编辑：成 全
装帧设计：丁莘苡　　营销专员：王 琪
出版发行：百花文艺出版社
地址：天津市和平区西康路 35 号　邮编：300051
电话传真：+86-22-23332651（发行部）
　　　　　+86-22-23332656（总编室）
　　　　　+86-22-23332478（邮购部）
网址：http://www.baihuawenyi.com
印刷：天津鸿景印刷有限公司
开本：710 毫米×1000 毫米　1/32
字数：72 千字
印张：8.625
版次：2025 年 3 月第 1 版
印次：2025 年 3 月第 1 次印刷
定价：32.00 元

如有印装质量问题,请与天津鸿景印刷有限公司联系调换
地址：天津市宝坻区马家店工业园区金广路
电话：(022)29644216
邮编：301800

作者简介

游者

　　中国作家协会会员。累计发表科幻作品一百五十余万字。其作品特色鲜明，可读性强，既拥有对前沿科技的深入思考，又具备异于常人的独特视角，富有人文关怀，对目前科幻文学流行的题材类型均有所涉猎。出版有科幻作品集《污点》《最后的数沙者》《绽放的夏花》《星空沉睡者》，科普图书《我们的微生物世界——传染病防控科普读本》。作品《至美华裳》发表于《科幻立方》2020 年第 5 期，获第十九届百花文学奖·科幻文学奖。

四月底，春天的尾巴上，一场倒春寒。

走在微风拂面的小街上，很想来一份热乎乎的饭食暖胃。摊贩们的叫卖此起彼伏，声声入耳。麻辣烫，还是关东煮？恍惚间，一道氤氲的选择题浮现在了脑海。

是为题记。

目录

上篇·杂食年代

01

麻辣烫，关东煮

接到樱子电话时，白小宁正抱着硕大的淡蓝色海豚靠枕蜷在门店的沙发里打瞌睡。

"我回来啦！"她风风火火地说。

"啊……谁？"

"等会儿来接我。"声音里不容有一丝的质疑。

还没等白小宁反应过来，听筒里就已经转变成了忙音。

"哎，喂？"她迷迷糊糊地捏着海豚的脸，把它挤扁，想弄清楚刚才是不是做梦。过了好几秒，她才反应过来:想要搞清楚状况,应该是捏自己的脸才对啊。她抬起压得有些酸胀的胳膊,点开通讯录,再次确认了刚才的电话不是自己梦中的作品,这才不情不愿地爬了起来。

她觉得自己的心脏在突突突地跳。

樱子,这个家伙都快三年没消息了。白小宁点开微信消息,顿时看见一大串长长短短的绿色"血条",每一段后都缀着一个红红的小点,就好像一群生得长短不一的毛毛虫趴在手机屏幕上。白小宁的睡眠总是很浅,所以她每次午休的时候,都喜欢把手机调到静音上。如果不是刚才翻身时迷迷糊糊中感觉手机在沙发垫子上振动,估计毛毛虫的数量还会继续增长下去。

怎么办?她恐怕快到了!白小宁想了想,也不播放听取,直接按着语音输入说:"知道啦,宝贝。快回来吧。我们地铁站见。"

匆匆跟老板请了假，换掉工作服，胡乱抓两下头发就往外跑——糟糕，"猫耳朵"居然还戴在头上！白小宁一边跑，一边狼狈地把猫耳头饰取下，塞进包里。直到坐上去地铁站的出租车，她才一条一条点播起那些微信对话框里的消息——

……在没在小宁？我回来啦！

……我好饿啊，飞机餐太糟糕了，一会儿你可得好好请我吃顿大餐，我都快要饿瘪了……

……死丫头，是不是睡过去了？睡成猪才好呢你！

……抓紧接我电话，抓紧接我电话……

一条跟着一条，就好像是樱子在耳边絮絮叨叨。她的形象一点一点地鲜活丰满起来，气息扑面而来,仿佛整个人已然站在了自己的面前。白小宁的心突突地跳,有几分激动,居然还有几分莫名紧张。

白小宁其实很高兴,她怎么能不高兴呢? 樱子是自己最好的朋友。由于她原名叫作孙樱梓,又整天念叨着要去日本,熟识的朋友们便很早就把她叫成"樱子"了。后来,樱子真的如愿以偿去了日本,一晃就过了好几年,其间除了朋友圈里廉价的点赞和过年过节时社交礼仪般的问候,就几乎失去了任何联络。

此时此刻,她的声音一条条入耳,人未到声先到,我这才又把她的整个形象在脑海里重新拼接出来了。

待出租车行驶到地铁站,恰好语音的存货也播放完了。白小宁点开手机上的位置共享,代表自己的小点和代表樱子的小点立刻同时出现在了二维地图上。她已经出站了，时间刚刚好！

白小宁原地转了几个圈，笨拙地在地图上找到另一个圆点的对应方向。

她开始向那边移动，先是走，后来干脆小跑起来。两个圆点越来越近，越来越近！白小宁觉得自己似乎听见樱子的心跳声了！

"嘿，我在这儿呢！"

远远地，一团记忆中的粉色在冲着自己招手。

02

水果沙拉

氤氲的雾气把两人包围着,互相有些看不清彼此的脸。

白小宁深深吸了一口气,轻轻地说:"你身上的味道还是这么好闻。"

"什么,你在说啥?"正在埋头对付凉菜的樱子停下了筷子,"你说的是火锅的味道吗?"

"不。没什么。"白小宁傻傻地笑着,"我想说,你看起来一点也没变老啊。"

"这傻丫头,净说傻话。"樱子被她颠来倒去的逻辑给逗乐了，"我才出去不过三年，怎么就会变老呢？倒是你呀，还是整天这么傻乎乎的，你也没变！"

白小宁只是微笑，不想反驳什么。

她的鼻子很灵。不，或者应该说，她总能分辨出那些细微的存在，她的鼻子早已超越了人类的认知。

人和人身上的味道是大不同的。有的人是比较清爽的，就好像柠檬片的味道；有的人是油腻腻的，闻起来有点儿像奶酪；还有的人更加粗重一些，像是浓咖啡的味道；另外有些人给人的感觉则是酸酸的，说不清像什么。

樱子的身上永远是一种充满活力的、青青的柠檬的味道。沐浴过阳光之后，这种味道尤其沁人心脾。

樱子一边吃，一边起劲儿地数落着前男友。

那事白小宁知道，樱子受她那个前男友鼓动，跟几个朋友在日本那边投资了一个民宿。前期花掉了不少钱，也确实赚到了一些钱。但是后来，日本经济的逐渐不景气，让生意渐渐变得不好了。

听着樱子愤愤不平地一会儿埋汰前男友，一会儿揶揄内务省（日本行政机构之一），白小宁很安心。

说老实话，她并不喜欢樱子之前的那个男朋友。他身上的味道并不好闻，怎么说呢，也说不上是臭臭的，但总是一种有点儿憋窘的、发酵过的微微的酸味儿，不管他怎么打理似乎都藏不住，让人有点儿难以接受。

"好啦好啦，一切都过去啦。"白小宁举起一杯果汁，"我们还是一起为未来干杯吧！你这次回来，有什么打算吗？"

"打算再也不出去了。"

"好，不出去了。那，还做导游吗？"

"不做了，没法做。"樱子把果汁一饮而尽，"回来之前我就打听了，现在的人越来越懒了，居家、宅，就跟个传染病一样，没多少人愿意往外跑了。好像窝在家里刷刷手机、看看短视频，就跟出去游玩了似的。"

白小宁点点头："我就不喜欢旅行什么的。宅在家里最舒服了。"

樱子白了她一眼："就是你们这样的人太多了，才搞得我现在做不了导游。"

"总是世界各处跑来跑去，有什么意思呢？"白小宁深吸一口夹杂着樱子柠檬香味儿的氤氲水汽，抬眼望着桌边的橱窗。

"多看看世界上其他地方的人和景物，每天都遇见新鲜的世界和自己，"樱子似乎很有感触，但看到白小宁慵懒的样子，又觉得提不起话头来，"总之和你不一样啦，天天宅在家里好像扎根了似的，花栽到盆儿里还能挪挪呢。"

白小宁不说话了，她静静地看着眼前的汤锅。一个巨大的鸳鸯锅。汤盆儿似乎是整个世界被分成了楚河汉界两个领域，一边是鲜红的，一边是淡褐色。各种各样的食材被码得整整齐齐的，堆在一旁，等待着被人们随意地丢进去，搅拌在这滚烫的汤水中。如同我们每个人的命运。各种各样的人在这样的环境中，慢慢地浸染，蜕变，成熟。

不知是有意还是无意，也或许是上菜的服务生根据两人气质判断，鲜红色的红汤对着樱子的方向，褐色的清汤则摆在白小宁这边。见食材已随着滚开的汤水翻滚起来，两人抄起筷子下锅夹菜。

两双筷子随着手臂交叉，白小宁的筷子伸进

红汤,樱子的筷子伸进清汤,两人都有些诧异地看着对方。

"我记得你爱吃清汤……"

"你以前不是只吃红汤……"

"在日本这几年,口味也被带偏了。"樱子先打破了尴尬,"日本人吃不了辣,搞得我现在也不太能吃。"

"我也总要尝试一下不同的口味嘛。"白小宁将了将沾着水汽的发丝,"生活已经那么平淡了,应该多品尝些不一样的味道。"

两人相视而笑,并没有调整汤锅,就这样你来我往地吃着。

电话响了,白小宁接了起来:"嗯嗯……我这会儿在跟朋友吃饭……好的,好。知道了,再见。"

放下手机,她看见对面的樱子正以一种怪异的眼神盯着自己。她被看得浑身不舒服,垂下眼帘,说:"这么看着我干吗？怪怪的啊。"

"你有男朋友了？"

白小宁迟疑了一下。这句话很微妙,白小宁曾经在无数的打着纯爱旗号却宣扬塑料姐妹花情谊的书籍、电影、网络剧里见过类似的话语。不,这不是一句话。这是一个先锋信号,它的身后往往跟着千军万马。一旦你接了这个,就似堤坝决开了一个口子,后面就是冲垮整座堤坝的泥沙俱下。

"问你哪。啊？"

白小宁叹了口气,低头用吸管吸吮着饮料,鼻子轻轻地哼出一声:"嗯。"

"没想到咱们这朵不挪盆儿的鲜花还有外人浇水。"樱子的眼中闪动着意味深长的狡黠与一丝说不清的复杂情绪,"什么时候的事儿啊？男的女的啊？见家长了吗？孩子名起好了吗？"

"你能不能不要这样一副八卦脸。"白小宁吐出了吸管，"我这样天生丽质，难道像找不到男朋友的样子吗？"

"实话说，真的不像。"樱子摆出一副无辜脸。

"好吧好吧。"白小宁只好摊牌，"确实没有。"

"我就说嘛。像我们小宁这么善良可爱，怎么舍得抛弃我呢。"

"别凑这么近。"白小宁把她推到一边，"还说我，不是你先把我们抛弃了吗？现在，我跟安平相依为命，不好意思，我的心里已经没有你容身的地方了。"

"哎呀，别这么绝情嘛。"

…………

两个人有一搭没一搭地边吃边聊。不知不觉，时间已经过了晚上九点。肚子里塞满了各种食物的两人在饱食之后带着醉意般的慵懒，惬意地窝在卡座里闲谈。

白小宁趴在桌子上抬眼问道："不出去了，打算做什么啊？"

"在家里干呗。"樱子倚在靠背上，端着玻璃杯装的果汁小口啜饮，"接着当导游。"

白小宁有些疑惑："家门都不出，怎么做导游？"

"你不知道现在他们都怎么玩。"樱子玩味地晃荡着手中的果汁，"别说不出家门，不下床也能做导游。"

"哦？"白小宁来了兴致，"我好像听说过，是不是种叫作'虚拟实境'的东西？"

"你呀你呀，什么都知道，是不是？"樱子用筷子隔空点了点白小宁说道，"虚拟场景在现在很多地方都不是什么稀奇的东西，但是和旅游相结合不过是近两年的事情。"

"比如说登上月球基地，这种项目现在都开始做起来了。"樱子对白小宁说，"当然，并不是单纯地复刻场景，明白吗？仅有场景是不够的。必须有剧情。"

白小宁咬着筷子回答道："就是要有剧本什么的？"

"不，远比那个要复杂得多。"樱子神秘地说道，"一旦你进入了这个场景，你就不再是自己，你扮演着其他的人。你走路、说话、思考都不再是以你自己的方式，而是以另外一个身份进行。所以说，这是一个前所未有的全新的项目。"

"听起来很有趣啊。"不太出门的白小宁显得兴致勃勃，"观赏和经历确实有很大的不同啊。"

"说不定在虚拟世界里，我们不挪窝的'小白花'能来个浪漫邂逅呢。"樱子笑着打趣白小宁。

"哈哈，你看像我们这样，一点儿都不浪漫

呀。"白小宁摇了摇头。

"那你觉得什么叫浪漫啊?"樱子嘴角勾起一丝笑意。

"浪漫就好比是张爱玲的书——《红玫瑰与白玫瑰》。"白小宁抬着眼边想边说,"不同的人,不同的女人,散发着不同的香气,形形色色,但都是这个世界上精致的女子。"

"得了吧。"樱子翻了个白眼说,"我又不是没有读过,那明明是一本男权主义、男性视角的小说,那里面把女人写得庸俗,俗不可耐!"

樱子的声音越来越大,引得周围不多的食客纷纷侧目。

"还需要点儿什么吗?"服务生凑了过来,躬身轻声问道。

"不需要了。"白小宁轻轻地低下了头。

这里的服务生跟自己是熟稔的,但今天似乎

显得比往日格外多了一点儿殷勤，也许是因为面前坐着樱子这样一位大美女的缘故吧。

"挺帅的。"

"谁？"

樱子朝着服务生的背影努了努嘴："线条不错，屁股好像也挺有肉的。"

白小宁撇撇嘴："你呀，老色坏。"

"你懂什么。"樱子说，"吃完饭，跟姐浪去！咱们唱他个通宵！"

03

酸辣粉

最近白小宁一直在跟樱子和安平忙着赚大钱。

　　安平是个平时不太爱说话的人，可是有时确实挺靠谱。她家住在白小宁家旁边不远，偏偏白小宁平时不工作就不怎么爱出门，肯定是不认识的，由于她跟樱子好像挺熟，问了问樱子，说是那会儿到处当导游时认识的。白小宁一开始是跟她不太熟络的，但是来来回回吃了几次饭，再加上安平虽然不爱说话，但总是能在白小宁跟樱子这个话痨无话可聊时补上几句,白小宁对她也就逐渐亲密起来。

这几天,樱子拉着安平和白小宁说:"我要赚大钱!"

一开始白小宁和安平是不同意的,后来樱子越说越多,就挑起了安平的兴趣,三个人一商量,最后回到了樱子的老本行导游。

但是并不是真正的导游,而是对着手机进行网络直播,这个计划很快就得到樱子的赞同。首先就在家附近试了试直播,结果有许多有心看风景和无心看风景的外国人打赏了许多钱。

第一场旅游直播成功结束了,大家都很开心,尤其是觉得自己轻轻松松赚了大钱的安平。

"你看你看,这可是个发财的好路子吧?"安平兴致勃勃地对白小宁说。

白小宁不知道该怎么回答她,她隐隐约约觉

得自己不是很舒服。但是她也说不上来，只是隐隐不安。

"你管那么多干吗呀，你看咱们不是赚到钱了。"见白小宁不说话，安平凑了上来开导她，"只要有钱花什么都是其次的，第一次做肯定会有些不适应的。"

"但我不这么觉得。"白小宁皱着眉头说道，"我怎么觉得我们做这个就跟出来卖似的。"

"这话让你说的。"安平白了她一眼，"行了行了，别瞎想了，姐们儿，晚上我请你吃烧烤，咱们撸串儿去！"

"算了吧，我最近不想吃那么麻辣的东西。"白小宁摇了摇头，"要吃你自己吃去吧，我只想安安静静地在自己家里待着。"

与安平分别后，走在回家的路上，白小宁忽然心头一悸。那种不安的感觉又来了，上一次的时候,白小宁还不是很确定,但是这一次她非常确定是有什么地方不对劲儿。

她猛地向身后望去,身后空无一人,除了空气什么也没有。精神紧绷的白小宁无比确信自己的直觉,虽然没有看到人,但她总是觉得有什么人在跟着她似的,就好像对方是在暗处盯着猎物,而自己就像是误入黑暗森林里的一只孤单的小鹿。

她不敢回头了,只敢往前走。因为一回头,那种恐惧就会把她牢牢抓住。白小宁越走越快,她浑身冒着冷汗,腿不住地打战,丝毫不敢放慢自己的脚步。

她在家附近的街巷中绕了好几圈,直到那种感觉减弱下来才敢回家。冲进家门,她猛地转身用力甩上那扇不算多么牢靠的防盗门,大口喘着粗气,倚着门瘫坐在地。房门安静地支撑着她的身体,门外也没有任何声音。

接下来的日子里,或许是她上次处理得当,那种感觉并未再次出现。

又到了下班的时间,白小宁背起包轻快地走出店门。樱子要请她和安平吃饭,之前她们几次邀请樱子,都被她用这样那样的借口拒绝了。这次她竟然主动邀请两人,白小宁心里当然是高兴的,她精心准备了一番,还提前了一会儿出发。

"喂喂,我们来了。"听到樱子的语音讯息,白小宁有些疑惑。安平早到了呀,樱子那边哪还有"们",但还是迎了出去。在开门的一瞬间,她发现樱子不是一个人来的,她还带了一个男人。

"Surprise(惊喜)! 这是我新交的男朋友。"樱子搂着男人的肩膀介绍道,"没想到吧! "

见此情景,白小宁有些发愣。还是安平反应快,立刻接上话茬。

"哎呀哎呀，你这个家伙保密工作做得不错呀，欢迎欢迎，快让我们姐妹看一看，是什么样的人把咱家樱子给骗到手了。"

在门口简单聊了两句，几人便入座开始点餐。

白小宁先选了她最喜欢的熔岩沙拉，男人听到这道菜立马跟上一句："给我也来一份熔岩沙拉，还有这个鱼子寿司。"

"不是，你一个大男人竟然喜欢吃这些，还是挺少见的。"安平打趣道。

他笑着回答："为什么不呢？我就喜欢这种爆浆的感觉。"

"哈哈，谁不是呢！"

几人点完了菜，不一会儿服务员就把做得快的菜品端了上来。

"你们不知道他这个人啊，最注重养生了。"樱子拍着男人对白小宁和安平说道，"年纪不大，保温杯里泡枸杞。你们猜猜晚上睡觉之前他还要喝点儿什么？猜不到吧，是小米粥！你们都想象不到，一个大男人每天晚上还必须得给自己煮一碗粥喝，还说是美容粥呢，真是太臭屁了。"

"你们知道的，什么日料呀寿司呀，我是不爱吃这些的，就算我在日本待了好几年，我还是吃不习惯。"樱子吃得不多，"怎么说呢？我总觉得这些东西腥味儿太重，还是熟的东西好吃呀，像烤肉什么的。至于那些刺身什么的，我这个胃啊，反正是接受不了的。"

"但是没想到他还挺感兴趣的，对吧老白？"樱子说着用胳膊碰了一下吃得正欢的新男友。

"你看我叫老白，你是小白，咱们是一家人。"那个家伙自来熟地说道，"来，为了我这个新认识的妹妹，咱得干一杯。"

白小宁礼貌地笑笑，心里却不大舒服。这蹩

脚的搭讪方式让她觉得这个男人不仅毫无深度，而且还充满了油腻。但她还是礼节性地端起了杯，和那个被樱子称作"老白"的男人碰了碰，然后皱着眉头喝了下去。

"来来来，还是快尝尝吧。"安平在一边给他打着圆场，"这边的料理还是蛮正宗的。"

"太好了。"老白说，"我跟樱子不一样，我就说呀，她这个人简直不懂享受，这世界上还有什么比刺身更好吃的东西吗？"

"温泉蛋你们要吗？"白小宁忙着招呼大家，见端来四份温泉蛋。

"要的要的，你呢？"安平一边接过一份温泉蛋，一边示意樱子。

"我可不要。"樱子说，"我不喜欢吃半生不熟的东西。"

"那把她那份给我，我要两份。"老白在一旁接过两份温泉蛋，"我跟你说呀，吃什么补什么呀，咱们吃东西就要吃这种带生命的东西，而且越多越好。"

"啥是带生命的东西？"安平有些疑惑，"咱吃的东西不都是有生命的吗？"

"我是说呀，生命的数量越多越好。"老白咽下刚塞进嘴里的温泉蛋，"你比如说为啥我就爱吃鱼子呢？这鱼子，其实就是小鱼儿，还没出生的鱼……一颗鱼卵就是一个生命，你吃得越多，那就补得越多。嘿嘿，你们还别笑，我喜欢喝小米粥，也是因为小米是生命，一口下去满满当当的，然后呢，它的生命力就会转化为我的生命力。"

"嘻，我还从没听说过这种歪理邪说呢。"安平乐了，拿起菜单问道，"那烤肉你吃吗？这里有不错的和牛哦。"

"不吃了，吃不下了。"老白拍了拍肚子，"我说了呀，我还是喜欢吃鱼子啊小米粥啊这些东西。牛当然也是生命，但是大动物能分到我身上的生命力太少了，我不想吃。"

"嘿，你这人还真是有怪癖。"安平撇了撇嘴。

说着，老白把最后一个鱼子寿司填进嘴里，仔细且用力地咀嚼着，似乎想要把每一颗鱼子都咬破、榨干，然后吞咽到食道的深处去。

看着十分享受的老白，不知为什么，白小宁突然觉得有点儿恶心反胃。

他身上的油腥味儿越发地重了。

04

毛血旺

"首先要请各位选择各自的身份牌。"主持人对大家说道,"是这样的,我们会到一个荒岛上去做客。"

樱子立刻接上话茬:"我明白了,是不是有点儿类似那种荒岛求生类的节目?"

"不要乱说话了。"白小宁扯了扯樱子,"我们还是听主持人的吧。"

两个小时后,几个人已经完全变换了聚会的场地。虽然有人想去K歌(K为Karaok,是日英文混合词),有人想去看电影,但是七嘴八舌地讨论了半天以后,大家都同意去玩一场带有虚拟实境的剧本游戏。樱子之前是玩过一些类似的游戏的,所以很麻利地从手机上挑选到了环境不错的店铺。几个好朋友在酒足饭饱之后,变换场景又坐到了同一张桌子上。

"有点儿不一样的地方。"主持人笑了笑,"其实这里我可以稍微剧透一点点,那就是这次的主题,是暴风雪山庄的模式,你们会被困在这里,不解决所有的谜题是无法逃生的。"

"这么无聊吗?"樱子有些不耐烦,"那快点儿选择我们的身份吧。"

"身份是这样的,有兽人族。兽人族平时以生肉为食,是纯正的食肉动物,基本上不吃其他的食物。还有精灵族。精灵族以吃树林里的水果和露水为生,他们是食草动物,不会吃肉。还有吸血鬼。吸血鬼平时是杂食动物,生熟肉和蔬菜都可以吃,但每隔一段时间,就必须补充一下新鲜的血液。"

"这么看兽人还不错啊。"樱子想了想说道,"现实里吃不了生肉,在虚拟空间试试总没问题了。"

"我觉得这样有点儿恶心。"安平似乎对这话有些反感,戳了戳白小宁,"小宁,你先选吧。"

白小宁想了想,最终选择了吸血鬼。

"好了,这个游戏应该怎么玩呢?"樱子一边说着,一边划拉着自己的爪子看向安平。

选择了精灵的安平反问道:"我不知道呀,樱子,不是你带我们来的吗?"

"平时我也不大玩这种游戏啊。"樱子用爪子挠挠头,"你呢,小宁?"

"我倒是玩过一些,但是在虚拟世界中玩,我也是第一次。"白小宁摊了摊手。

"樱子，我们跟着你玩吧。"安平看向樱子。

"那可不行。"樱子看了看自己的身份牌说，"任务卡上写着呢，咱们每个人都是一个独立的个体，所以我也没办法和你们组队呀。"

"但是也没说绝对不能组队。"安平指着任务卡道，"我仔细看了我们的任务，虽然我们都是独立的个体，但也并不是不能合作的，譬如说我们可以先组队到最后再解散，毕竟这个游戏最后是以个体的分数高低来结算的。"

"好吧好吧。"樱子最终同意了她的提议。

樱子好像有点儿不耐烦，其实白小宁看得出来，她是不情愿跟自己和安平组队的。所谓的什么任务卡上说的，每个人都要以自己为个体来行动，只不过是她的一种说辞罢了。她就是想自己多出风头拿到最高分赢得比赛，而至于为什么要这么做，其实答案也很简单，从她跟前台帅哥暧昧的眼神中不难猜出一二。

兴致勃勃地跟在樱子屁股后面玩了两圈之后，白小宁渐渐对这个游戏感到大失所望，她原本觉得这些特殊的身份牌对游戏有很大的促进作用，但实际上游戏进行来进行去，依然是在一个类似古堡的地方玩迷宫和逃脱。只不过是每到了一个前进的地方就会有一个任务，而做错选择或者没完成任务的话，就会退回到上一步罢了。

随着游戏的不断深入，她们也终于发觉，其实安平的提议是对的，因为在不时会出现的任务卡片上，会有在你或者你同行的人中选择一位去做一件事情的要求，而如果当初没有跟樱子和安平组队的话，白小宁现在恐怕是很难跟上整个游戏的进程的。

跟以往在现实中玩的那种普通的剧本杀不

同，作为NPC（非玩家角色）的管理者并没有跟着她们，或者换句话说，NPC并没有作为人形跟着她们，他不是无处不在，又或许他正时时刻刻地注视着自己这伙人的行动，仅仅是没有出现在她们面前。所以遇到的每一个谜题都要靠她们自己的力量去解开，而在这个过程中是没有任何人会带给她们提示或者听从她们的求助的。樱子试着叫了几声"有管理员吗""管理员你在吗"，不出白小宁所料，果然没有听到任何回应。

"我们会不会就困在这个迷宫中了？"安平略有点担心地问，"如果我们到达了迷宫的终点，完成了所有的任务之后依然出不去，该怎么办呢？"

"应该不会的吧。"樱子说，"像这样的地方，不会是无限的。"

到了游戏的后半段，白小宁越发觉得失望了。她看了看安平的表情，见安平朝自己眨了眨眼睛、撇了撇嘴，似乎也觉得没什么意思。整个三人小分队中最有激情的也就是樱子了。她就像开了疾风步一样，拽着两人嗖嗖地往前冲，一心想着快点儿把游戏结束，这也使得本来就乏善可陈的密室逃脱变得更加无聊。

好不容易熬到游戏结束，樱子如愿以偿地拿到了最高分。她去前台跟帅哥聊了很久。无所事事的安平和白小宁则挤在等待区的小沙发上，有一句没一句地聊着。

"要来杯果汁吗？"安平站在冰柜前取出一瓶红彤彤的果汁。

"算了吧，没什么胃口，要喝你自己喝吧。"白小宁摆了摆手，安平大概是忘记了她刚才在游戏里的身份是吸血鬼，虽然并没有真的吸血，但是装满了红色液体的玻璃瓶，还是让白小宁觉得有点儿不适应。

"好的。"安平给自己来了一瓶。

她打开盖一边聊着天,一边若无其事地把手指头插进饮料里面搅来搅去,然后又把手拿出来。之后才送到了嘴边。

这个微小的动作让白小宁很好奇,她盯着安平的手指问道:"怎么了?"

"没什么,饮料可能有点凉。"

"凉的话干吗不用舌头舔,而是用手指头试呢?"

"嘿嘿,你说的也对呀。"安平笑了笑,乖巧地把吸管含在了嘴里。

成功要到了前台帅哥社交账号的樱子一边快速往这边跑,一边炫耀似的摇了摇手,仿佛手上的手机是什了不得的战利品,而她似一个刚从战场冲锋归来的中世纪骑士一样。

"看看你,干吗高兴成这样,得手了吗?"白小宁笑着问道。

樱子没有直接回答,而是指了指前台的小伙子:"你们说说看,他帅不帅?"

"看你猴急的样儿,咱就不能矜持一点儿。"安平吸着饮料打趣道。

"哎呀哎呀,"樱子学着日本女孩的神态较真儿地对着安平说道,"这样子可不健康呀。"

"好啦好啦,知道了,就你最健康行了吧。"安平翻了个白眼。

"健康小姐,咱们一会儿到哪儿去呀?"白小宁指了指自己的肚子说,"我都觉得饿了,要不然我们去吃关东煮吧?"

"又是关东煮,我可不愿意吃那种玩意儿,没啥味儿的。"樱子说,"我们还是去吃麻辣火锅吧!"

安平说:"我什么都不吃,我在减肥,也没有什么胃口,我要回家了。"

"她就是这么没劲。"樱子说罢拽起白小宁的手，"走吧走吧，让她自己回家，咱俩呀，就去旁边的夜市逛逛去，逛吃逛吃，逛到哪儿吃到哪儿。"

送走了安平，两人一同来到了最近的夜市，说是夜市，其实不过是这个新建的综合体后面一条刚开街不久的小街。这几年因为电商经济的冲击，外卖越来越厉害了，实体街区店铺受到不小的冲击，这个城市里原来有几个著名的大卖场和专做夜宵夜市美食街的区域，但是现在硕果仅存的也就这么一两条街了。这条新街显然是在残酷的丛林法则中落了下风，既不占据时间优势，也不占据地形优势，当然也就没有多少人气。

两姐妹手拉着手跟许多闺密一样在街上有一搭没一搭地走着。今天也不知道为什么，白小宁对往常许多让自己感兴趣的小吃一律提不起兴趣来。倒是樱子兴奋地买了一大堆各式各样的小吃,一边自己吃一边不时地给白小宁掰一块,分一串,夹一片。白小宁索性就这样"陪着"樱子吃了顿晚饭。

05

臭豆腐

那天二人吃完各回各家之后，白小宁再次和樱子见面已经是过了一段时间的事。两人见面就聊起各自这段时间的生活。

"那个老白，你还跟他来往吗？"白小宁想起那个令她有些不适的奇怪男人，微不可见地皱了皱眉头。

"当然呀，他还惦记着你呢。"樱子一如既往暖暖地笑着说，"他还说咱们这儿的料理挺地道的，一直惦记着什么时候再来吃呢。"

说到了"吃",不免让人回忆起那位的吃相。那种不适的感觉,让白小宁使劲儿咽了口口水,才勉强压了下去。

"我不是这个意思,我是想说,嗯……"白小宁犹豫了一下,对樱子说,"我觉得他不太好,你真的要跟他交往下去吗?"

"什么意思?"樱子反问道。

白小宁小声说:"也没有什么,我就是觉得这个人给人的感觉挺不好的,你应该跟他分手。"

"分手!为什么呀?"樱子瞪大了眼睛,"我觉得老白人挺好的呀,虽然人有时候是大大咧咧的,但他对我真的挺照顾的。"

"下雨的时候他会主动来接我,还给我撑伞,我肚子不舒服的那几天,他也会主动给我灌暖水袋熬糖水,这些是我以前的那几个男朋友都做不到的。"樱子说着露出些微幸福的表情,"你别看他年纪大，他可比那些小年轻会疼人。我告诉你呀小宁，找男朋友就不能找那些年轻的。男人呀，只有对自己好才会觉得舒适，你明白吗？"

白小宁不知道该怎么和她说，她总不能说是因为这个男人身上的气味儿不好，所以劝他们分手吧，这实在太玄学了。但她又实实在在地觉得那个男人是自己无法忍受的，他身上总是有一股油腻腻的味道。不，这不是来自他的肉体的，哪怕他的头发洗得无比干净，身上喷了淡淡的香水，衣服也用洗涤剂洗得一尘不染，熨得服服帖帖地套在他身上，但还是掩盖不住他的机体内部散发出的那一股类似腐朽的味道。白小宁很难接受这种味道，她每次一接近甚至一想起他的名字，就觉得胃中开始隐隐不舒服。她不希望樱子这样美好的女孩子跟这样的男人待在一起。

"总之呀，老白他是个好人。这世界上哪有完全合适的两个人呢，你说是不是？"樱子似乎还在回味和老白的美好时光，"在一段感情生活中我们总是要迁就对方，老白我可以给他打 90 分了。所以啊，我劝你也赶紧结束单身，找个人好好交往一下吧。"

"我不知道找啥样的啊。"白小宁无奈地摇了摇头。

"就找老白这样的。"樱子笑着拍了拍白小宁的肩膀。

"臭豆腐——霉菜根——"

街角适时地传来了摊贩的叫卖声，叫卖的东西却让白小宁有些不适，她突然觉得有点儿难受，肠胃不住地翻涌起来。

樱子关切地问道："你怎么了，小宁？"

白小宁蹲在地上捂着肚子，简单地说："没什么，我就是有点儿难受，要不然我们还是回家吧。"

"那好,不说了,我叫老白来。他一会儿开车来接我。"樱子掏出手机准备打电话,"我要他开车顺路把你带回去吧。"

"不,不用了。"白小宁慌忙说,"我,我自己走就好,我还想去买点儿东西呢。"

不论是理智还是直觉都告诉她,她不能再见那个老白了,一听老白要来,白小宁找了个十分拙劣的借口准备逃走。

"真扫兴啊你。"似乎看出了白小宁在想什么,樱子嘴上埋汰着,却还是轻轻地拉着白小宁的手,用手机为白小宁叫车回家。

第二天,白小宁照常上班,今天生意不好,她反倒落得个轻闲,趴在柜台里听店长抱怨。

"不知道为什么,最近餐厅的生意越来越不好了,似乎客人都被什么地方给抢走了。"店长感叹地说，"这是因为什么呢……是周围有更好的店铺了吗，还是因为大家有了更多的选择了？"

白小宁是一个神经大条的人，她并不觉得是因为这样。但是无处不在的新闻告诉她，今年全市的餐饮业都是萎靡不振的，似乎那些往日熙熙攘攘的饕餮食客们一夜之间全都人间蒸发了似的，就连一些名声响当当的百年老店也悄悄地挂出了转让的牌子。

白小宁摇了摇头想：人总要吃饭的吧？

06

鲜花饼

这一天，店里突然闯进来一伙奇怪的人。

"你们想要吃点儿什么吗？"白小宁按照惯例问道。

"不，我们什么都不想吃，我们想找店长谈谈。"从这些人的语气中感觉他们似乎很着急。

"店长这个时间不在。"白小宁看了看墙上的挂钟，现在是早上十点。店长一般是午后过来看一看账目和食材，下午待在这里，晚上则要一直忙碌到深夜。

"你们为什么要吃这些东西？你们为什么要杀害这些动物！"他们的声音突然就大了起来。

没等白小宁反应过来，他们又继续叫喊："这些动物、这些生命，你们知不知道这样做会给这个世界带来多大的灾难！"

什么意思？白小宁有点儿听不明白。为首的人似乎很生气，他把菜单抓过来，一下子撕成了两半，摔在地上，接着狠狠地把脚踏了上去，来回碾压，在原本洁净的纸张上留下几个肮脏的脚印。

白小宁从来没有遇到过这样的状况。她极力保持着冷静，尽量克制住自己的情绪，然后才开口："先生，请不要这样，如果你们再这样闹事儿，那我就要报警了！"

"我们是正义的，哪怕你报警也一样！"虽然这么说着，但对方的动作明显收敛了许多。

双方就这么僵持不下着。过了一会儿,可能是怕影响生意,又或许是看不下去一帮人欺负一个小姑娘,隔壁店铺的老板居然真报了警。看到隔壁老板不依不饶的架势,这些人匆匆忙忙地离开了餐馆。

　　白小宁深深叹了口气,望着店里的一片狼藉,她感到非常无奈。那些自己精心整理过的桌椅和地毯都被弄脏了,看来又要好好地重新收拾一番了。

　　"这些人怎么了,难道是脑子有问题吗?他们又是那些没事儿找事儿的什么什么组织吗?"白小宁一边收拾,一边气恼地抱怨着。

　　"可能是吧。"隔壁老板擦了擦额头上的汗,"我觉得他们是一群有问题的家伙,听他们不断地嚷嚷,好像是闹着不让我们吃肉。难道说,这些人是素食主义者吗?不应该呀。就算是素食者,也不应该有这么大的火气呀……"

因为这件事情，整个下午白小宁都非常烦躁，她一杯接一杯地喝着咖啡。咖啡烤得很苦，是店长亲自挑选的咖啡豆，据说是来自苏门答腊的猫屎咖啡。白小宁不知道这些咖啡豆是不是真的经过了那些小动物的消化道。她曾经看过一些报道，说即使是真正的猫屎咖啡，现在也都是用速成的办法做的，为了能让那些猫更快地吞下和排泄，提高产量，当地人往往用香蕉配合着咖啡豆喂它们，这样能够充分刺激它们的肠道，使它们更快地排出咖啡豆和粪便。

白小宁有点儿不太明白，经过这样加工的咖啡，是不是跟那些著名的湖产海产品一样，从遥远的地方运过来，投到水里去，涮一涮，再捞上来，就成为那些所谓的洗澡螃蟹。

她的脑海中莫名其妙地冒出了这样一幅画

面：一大群人冲向海边，嘻嘻哈哈地跳进海里，游泳、嬉闹、晒太阳，然后再一块儿找个地方照相，比起剪刀手喊起"茄子"，最后穿上衣服各自离开。海滩上即恢复了一片平静，似乎没有人来过一样。难道说，如此这般就算是真正来过了吗？

正在她胡思乱想的时候，樱子回来了。她的两只手提了两只巨大的塑料袋，里面装得满满当当的。

"快来快来！"樱子还没进门就高声叫着，"看我的胳膊都要累断了，你这家伙也不知道来帮我拎一下啊！"

白小宁慌慌张张地跑过去，看着两只超夸张的大袋子惊叹道："这都是什么呀？怎么回事儿，你抢超市了？"

"开什么玩笑？"樱子白了她一眼，"我今天遇到商场大放价，所有的东西都是三折出售呢，所以我就买了好多好多的食材回来。你看都是好吃的，今天晚上咱们好好开开荤。"

"是火锅呀。我最喜欢吃这个了！咦，这不是雪花牛肉吗！"白小宁兴奋地翻着袋子，"我们赶紧打电话给安平吧，叫她一块儿来享受享受。"

"别费劲了。"樱子靠在沙发上，连头都懒得回，"我已经联系过她了，她还是说她在减肥。"

减肥似乎是女人的天性，她们既在乎自己的身材，也在乎自己的风评。相比之下，男人就基本没有这种顾虑。

白小宁刚摆好锅，准备大快朵颐，可当她看着面前鲜红色的肉片，不知怎的，突然之间有点儿失去了胃口。

"你怎么了？快吃呀！"

"不，还是算了……"怕对方生疑，白小宁嘟嘟囔囔地哼了一句，"我也减肥……"就快速逃离了现场。

"真是的,暴殄天物!"樱子不可思议地摇了摇头。

那次之后,几个人又再次相约去玩虚拟实境游戏。本来白小宁是拒绝的,但是店里实在没有什么事儿,因为生意越来越冷清了,又架不住樱子使劲儿拽着她好说歹说,终于是又去了。其实,安平这个人还是不错的,虽然平时有点儿不太爱出门,比较宅,但人是很好的。一见面,她就掏出了两个没有标识的大瓶子,瓶子里装着些橙红色的饮料。她说里面是刚榨好的鲜胡萝卜汁,有丰富的维生素和纤维素,给她们两姐妹一人带了一瓶,说是请客。

白小宁一看到那泛红的液体,又想起了上次玩游戏时面对的那一大盆"鲜血",不由得胃里开始了一通翻腾，只得委婉地拒绝了安平的好意。樱子则大大方方地接过两只大瓶子，没心没肺地塞到了自己的包里，挽起两个姐妹的胳膊："走,咱找那个小帅哥去。"

虽然这一次的实景跟上次不大一样，但是开场没过多久白小宁就后悔了，因为这次的游戏实景是动物园。更要命的是，参加者互相不知道对方是什么动物，也不知道这个世界中到底有多少个真正的人或是 NPC 动物。总之，她们被分别带进了不同的屋子里，然后才拿到自己的身份卡。玩家们不知道自己会是动物、植物，或者是其他的什么，也不知道自己的类型，甚至一开始只能看到前面低矮的草丛和灌木，得凭借着周围的环境来判断自己是什么样的动物。

水，找到水源就好办了……白小宁这么想着，至少能从水里看一看自己的面容吧。

她是树上的精灵。在森林中飞行，穿过茂密的树丛，她似乎看到了肉食动物区。那里不知是玩家还是 NPC 的一群肉食动物正进行着一场盛宴，她远远地瞄了一眼，不想看，更不想参加。但那一幕实在太过刺激，白小宁再次忍不住，嗷嗷呕吐起来。

等她摘掉感应头盔，才发现现实中的自己也吐了，而且是吐在桌子上。因为早上没有吃饭，所幸没有食物倒出，只是一些口水留在了桌子上。这让她勉强保住了最后的颜面。

白小宁从随身的小包里掏出纸巾，仔细地把桌子擦了又擦，生怕被人看出端倪。但当她磨磨蹭蹭地打开门，看到工作人员眼中善意的笑，一下子意识到了自己的愚蠢：每个小隔间里面都有监控摄像头。这是当然的，毕竟交互体验馆是公共营业场所，要对每一位顾客的安全负责。可是便利带来的恰恰是约束——自己刚才在小隔间里的丑态早就被经营者完全看到了。

她好像是一个被看穿了心事的孩子，红着脸，快速朝着自己的姐妹们走过去，安平和樱子早就等得有点儿不耐烦了。

"怎么回事儿，怎么那么久啦？我都已经快饿扁了啦。"樱子毫不顾忌形象地叫着。

安平则是一言不发，就那么直勾勾地看着白小宁，半晌冒出来一句："你来例假了？"

"哪有的事儿！"白小宁的脸更红了。

安平还想发问，白小宁一把拉起她的胳膊："快走，快走！这个破游戏，我再也不玩了！"

"好啦好啦，我们走啦。"

虽然过了一段日子，但实景中的记忆仍然深深地刻在白小宁心中，每当她想起那天的场景都忍不住想要呕吐。

"今天实在没有什么事儿了，你去陪我挑件衣服吧。"这天，百无聊赖的樱子伸着懒腰对白小宁说道。

　　平时白小宁对于这些事情，比如说逛街啦，旅行啦这类的事儿是不太感冒的。但是樱子似乎在这些方面有着用不完的活力，她天生就是一个旅行者。所以说，当导游这个工作只不过是把她的天性发挥了出来。在自己游玩的同时，也带着其他一群人一块儿玩，她这样的状态令白小宁十分羡慕。

　　衣服好像都非常薄。这让白小宁非常不适应，她挑来挑去，前后换了大概有二十多件衣服，但好像没有一件自己能穿在身上的。樱子对此不以为然，她觉得不管什么样的衣服，哪怕只是一块巴掌大的布，也是可以穿在身上的。她有这样的自信，她不仅年轻有活力，而且经常锻炼：跑步、健身、做瑜伽,所以保持了很好的身材,尤其是小腿的线条。就像白小宁这样的女孩儿看了也十分羡慕。白小宁就没有这样的自信,她深刻地认识到这一点,商场里的衣服虽然琳琅满目,有些是适合自己穿的,有些则不适合。因此,她总是小心谨慎地选择让自己舒适的穿衣风格。

"安平在哪里呀?"

再次换下一件不太适合自己的衣服之后,白小宁对这次逛街已经有些失望了。

"谁知道呢? 可能又找人在家里捣鼓一些什么东西吧。咱们每次出来玩她都不感兴趣。"樱子想了想说道,"她感兴趣的是一些……呃,手工艺品。"

"手工艺品,那到底是什么东西呢?"白小宁有些不解。

"你没去过她家吗?也真服了你们了。你俩明明住在同一个城市,而我这个跑来跑去的却比你们还熟悉。"樱子抬头望着天花板,似乎是在回忆安平的家,"可能就是一些盆景啊,盆栽之类的吧,要不然就是插花,我有点儿分不清这些东西,可能都差不多。要是有兴趣你也可以去看看。对了,上次她还邀请咱们呢。"

"不过她说,你很冷淡,没有回应。"樱子瞥了一眼白小宁,挑了挑眉毛。

"有这样的事儿?"白小宁想了想,打开了自己的手机。她因为太久没有使用邮箱了,以至于几乎忘记了账号与密码,好在现在的智能手机都是刷脸识别的,所以她还是很轻易地登录了上去。她这才发现,原来邮箱里真的静静地躺着这么一封邀请函。

"没想到呀,这个安平居然会用这种传统的方式。"白小宁惊讶地看着邀请函。

"时间呢？"樱子也凑了过来。

"时间好像就是明天。"

"那咱们去她家吧，你明天有什么事儿吗？"

"没有呀，就是我的男朋友。"说到男朋友，樱子脸上泛起一丝笑意，"不过我们一起去也可以啊，我这个人可从来不是重色轻友的呀。"

安平的家很好找，那个小区虽然距离白小宁很近，但她几乎没有来过。白小宁有些奇怪，世界上的事情就是这样，有的时候明明两个人距离很近，但是，好像又相隔很远。出乎意料的，安平家里非常干净且明亮，也许是受断舍离的影响吧。一楼朝阳的屋子确实如樱子所说，摆放着很多的花卉和盆景，并且也确实都是干花。

鲜花总会枯萎。

白小宁一直搞不清楚安平身上的味道到底像什么，只是隐隐约约感到很熟悉。在安平的房间里也飘着这样的味道。今天，她突然明白了，是一种草木灰的味道。确切地说，是烧过东西之后，留下的那种隐隐的晦涩味道。

正如那些枯败的花朵，失去水分与生命的鲜活，也没有腐败与发酵，只是肃然的死物。

并不让人厌恶，但也不会叫人喜欢起来。

07

一锅乱炖

从那天离开安平家以后，三人就没再见面。又过了一段时间，白小宁感到心情有点压抑，不知道怎么破解，于是想邀请樱子一起找个地方散散心。她一定会很开心吧，白小宁想，因为自己平时是很少主动约她的，无论是安平还是自己都是被她拉着到处跑。

离她们住的地方不远，有一片湖，很大，很平静。沿湖有一个山体公园，据说还经常举办一些跑步或者是自行车比赛，最有趣的是这里的广场上还有一大群白色的鸽子。

据说有些人的消遣方式是买一张机票，坐上飞机，飞到一个遥远的地方，去喂一喂那里广场上的鸽子。白小宁非常庆幸自己不用那么麻烦，只要迈出家门，用自己的双脚走上那么几公里，就可以享受到同样的待遇。

今天广场上的人很少，只有白小宁一个喂鸽子的人。

她在管理员那里花了五元钱买了一小塑料盒的玉米粒。对方打了个哈欠，爱答不理的，把小盒往柜台上面一丢，就低下头继续玩手机刷视频去了。白小宁轻轻地鞠了一躬。

来到了喂鸽子的地方，白小宁悄悄地从包里拿出来一个小塑料袋，里面是玉米粒、豌豆、绿豆还有红小豆，这是她早就为鸽子提前准备好的营养套餐。但是被管理员看见总是不好的，所以她总会先像模像样地买上那么一点儿,然后再夹杂进去自己带的东西。这样就不会被发现,而就算是被别的人发现了,也只会投来善意的笑。

鸽子们很开心,像往常一样很快就发现了她。有的仍在盘旋着,有的则在近处落了下来,还有一只大胆的已经走到了她附近,想看看她究竟要做什么。白小宁很开心地抓出几粒粮食,向地上一撒,靠得最近的鸽子立刻冲过来吃了个精光。更多的鸽子也看到了这里的食物,纷纷往这儿飞来。

她再次抓出两大把,哗啦啦地向它们撒去,各种大的小的、各种颜色的豆粒和玉米粒就从天上这么掉了下来,抬头看去像是五颜六色的彩虹糖。鸽子们开心极了,咕咕地叫着,欢快地跳着扑向了她,几只大胆的已经落在了她的手臂上。这突如其来的亲密接触让她有点儿始料未及,鸽子的重量比她想象的要重很多。今天可能是因为广场上太冷清了，没有什么人，所以来找她的鸽子特别多。

突然间，她有些心慌了，赶紧把所有的粮食一股脑儿都倒在地上，堆成了一座小山。这下鸽子群爆炸了。无数鸽子飞来争抢食物，最后甚至有几只鸽子追着来啄她的手。她害怕极了，高声叫着，用尽全身力气高喊着狂奔逃走。

在管理员异样的目光下，她狂奔出公园，远离了那群飞着、叫着、争抢的鸽子，在公园外的路边扶着土墙喘气。忽然，口袋中的手机响了起来。她定了定神，掏出手机，看到是樱子的号码，很快接起了电话。

"老白出事了。"那边的话语很简短。

"他怎么了？"

"开车出了事故，路过一条河的时候，车子冲开护栏,从桥上掉进了河里。"樱子语调很平淡。

白小宁想问是哪家医院,还没开口,樱子却未卜先知:"不用来了,人已经没了。"

再见到樱子时,她虽然面容憔悴了许多,但精神上已经恢复得差不多了。

"老白是很好的男人啊,但日子总要往前看,我们毕竟也没结婚,总不至于为他殉情吧。"樱子这样说着,如今也有了新的小男友,不过看得出,她多少还是有些怀念老白的。

似乎一切都跟以前一样,又似乎一切都不一样了。表面上每个人好像都生活在光明之中,但是又有多少人实际在黑暗之下活动呢?大家只知道人真的是越来越少了,餐馆老板再怎么使出浑身解数,推出大量的优惠评价试吃团购,都无法挽救营业额。

现在,白小宁终于相信新闻上说的,坊间传闻是真的——那些人真的不吃饭了。

"不吃饭啊,那到底要吃什么呢?是啃土还是吃铁啊,到底是怎么做到的?"白小宁难以想象,如果一个人不吃饭应该怎样活着。

"管他呢。"樱子说,"也许是身上装了电池什么的咔嚓咔嚓,就像那些新能源汽车一样。以后的人哪,就和机器人一样了,装上电池就能跑,卸下电池,随便找个什么地方,把插头插到墙上就能充电了,这不也挺好的吗!"

"方便是方便,大家也都省事儿了,就是觉得有什么地方不太对劲儿。"白小宁还是觉得不对。人不应该这样活着,这样不对。

白小宁看到过一句话:人吃饭是为了活着,但人活着,并不是为了吃饭。

路过一个广场的时候,白小宁看到了一大群

人。这是一个多云的日子,阳光并不是那么明媚,厚厚的云层挡住了大多数的太阳光,只剩下几缕掠过云层的边沿,勉强抵达了地面。这群人就这样盘腿坐在地上,赤裸着身体张开双臂,闭着眼睛练功。

"这样的人是不是最近越来越多了?"白小宁有点儿奇怪,"他们是在练什么气功吗?不应该是这样的。"

看到这些不是很正常的男男女女,白小宁本来不以为意,但在这些人中,她猛地发现一个熟悉的身影,他们都是一样的,光着上身闭着眼,张开双臂伸向天空。看着那个熟悉的身影,白小宁迟疑了一下,然后快速地走开了。

这个世界到底怎么了,这样的人好像越来越多了。

"天哪!"樱子的声音从街角传来。

"你怎么了？"

"别提了，今天在公交车上遇到一个变态，他光着身子在那里呵呵傻笑。"樱子劫后余生的表情中带着厌恶，"我觉得好恶心，当时立马就逃下来换了辆公交车。"

"真的吗？"白小宁虽然这样问，但其实并不意外，她本来想跟樱子说自己在公园里路过广场，好像看见了安平这件事，但是话到了嘴边，又慢慢地咽下去了，她不确定这件事应不应该说给樱子听，而且自己也并不确定当时看见的究竟是不是安平。

就在这时，口袋里的手机振了一下，白小宁打开手机发现是一封邮件。安平的邀请来了，她邀请白小宁晚上到她家里去做客。她抬头想去联系一下樱子，却发现樱子已经走远了。

应该都是会去的吧。

看到消息的后面又补了一句："一定要来哟，我会请你吃特殊的大餐。"白小宁的心渐渐平复了下来。

还好吧，也许见了面，各种误会就消除了。

自己也不能空着手去啊，到水果店给她买一些好吃的吧，比如猕猴桃、车厘子还有西瓜，带着这些水果去，也许就能消解一切的误会了。

那天白小宁走后，店长发现电视没有关，整个餐厅里依然是空无一人，只回荡着电视里的新闻。播报的新闻净是些坏消息，有一些极端生命保护主义者对另一些普通人开始下手了，他们终于正式浮上了水面。这是一个庞大的组织，他们做了一种特殊的手术，从此不再进食了。做了手术之后，他们可以依靠着身体里的某种新的反应来获得能量。

店长不想看下去，他觉得这些人都是精神病。但是他似乎在那一瞬间也明白了，这几个月来，为什么自己店里的生意越来越不好，为什么大街上的人越来越怪异，为什么这个世界变得不太一样了。

他上前把电视关掉，转头看着窗外空荡荡的街道，就这么看了一会儿，随后把目光收回来，注意到了白小宁遗漏在店里的一条丝巾。

这一天，白小宁发现自己的好朋友樱子，突然失踪了。

她找了很多地方，平时常去的地方，晚上一块儿玩的地方，还有上班的地方、她打工的地方，但这些地方都没有。樱子去了一家虚拟实境体验馆打工，她就是在那里当导游的，但那里依然没有她的踪影。

自己寻觅无果后，白小宁找到樱子的小男友，但樱子新交的小男友也表示不知道。她还找了她的住处，房间里乱七八糟的，完全不像一个漂亮的女孩子住的地方，而且一看就是跟平时没有什么两样，不像是突然间收拾好了去了什么别的地方。

　　找了几天之后她报了警，警察表示最近失踪的人口是很多的，有点儿忙不过来。

　　白小宁不能接受一个大活人就这么突然消失了，而且是她从小到大这么多年的好朋友好闺密。她带着那个小伙子一块儿找，寻着各种蛛丝马迹。她想来想去，最后一次跟樱子相见的地方，不就是一起玩那个游戏吗？难道那个游戏有什么特别之处吗？

　　白小宁调取了店里所有的监控，发现真的没有什么异常。从那天一起来的时候她们就是在一起的,樱子也没有任何异常的地方,她没有离开过摄像头的注视,也没有进入过死角。甚至在走的时候,还吻别了她的小男友。看到这里,白小宁的脸微微一红。

"她还有个朋友叫安平,我们要不要去她那里看一看?"小男友淡定地说道,"实在不行就放弃,这么大岁数的人,自己会对自己负责。"

"我问过她了,没有什么线索。"白小宁看到小男友脸上漠不关心的表情,心中越发沉重。

现在她完全不知道自己该相信谁了,眼前的这个人居然说要放弃寻找樱子,樱子是什么?樱子是他的女朋友,是一个活生生的人,是一条鲜活的生命,但是他就这么淡淡地轻飘飘地说要放弃。放弃什么,放弃一条生命吗?她是一只小狗或者小猫吗?还是说是一盆已经枯萎的盆景、一盆花、一个事物、一个玩物呢?

突然，她意识到这里有什么东西不对劲儿，按说小男友应该是这个世界上跟她最亲密的人了，但是他却轻言放弃了。而且在前几天，白小宁说要去找警察的时候，他也是明确地表露出一些不对劲儿的地方，所以他是有嫌疑的。想明白这一层之后，白小宁就突然淡定了。

"好吧，我也不知道是怎么回事儿了。也许她就是累了，突然想去什么地方散散心。"白小宁尽量控制着自己，以一种极近平静的语气说，"她这个人啊，我实在是太了解了，她是闲不住的，又是那么地热爱旅游，要不然怎么会当导游呢？我们姐妹几个里头就数她最活泼了，也许就是想跟我们开个玩笑，一言不发就上路了呗。说不定过段时间自己玩腻了就会回来的，女人不就跟猫儿一样。"

她说得那么真，那么确切，那么有说服力，似乎把自己都给说服了。她看了看对方，对方狐疑地看着她,但是慢慢也转成了确定。

终于,他开口了:"对呀,倒也是,说不定她就是这样想的,我们都有点儿过于神经紧张了。"

告别了樱子的小男友,白小宁立刻掏出手机拨通了安平的电话。

"那个人,樱子的小男友,他有问题,你在家里等我,我现在就去找你,你哪儿都不要去。"

"到底怎么了?!"安平说,"他到底有什么问题?!"

"我怀疑他跟樱子的失踪有关,我不知道该怎么办,我们一块儿想想应该怎么对付他。"白小宁的声音有些紧张。

"你没有被他发现吧?"

"没有。"白小宁说着环顾四周,没发现有跟踪的身影,"我是自己一个人来的,我确定没有人跟着我。"

"那就好！"安平仿佛松了一口气。

白小宁还是有些不放心，兜兜转转了几个街道和胡同才来到安平家。

白小宁和安平紧张地观察四周，确认了窗外门外都没有人后，这才拉下窗帘坐下交谈。简单地与安平说了刚才的经过后，两人开始猜测事情的真相。

"你看，我觉得他有很大的问题，"白小宁一板一眼地分析着，"樱子回来之后，除了跟咱们在一起，就是跟他在一起了，而且最近跟他在一起的时间越来越多，我都不知道为什么。你知道他们平时都去哪里吗？"

安平说："我怎么会知道呢，我平时就宅在家里，一个人弄弄这些花花草草的。"

"我怀疑他跟街上那些人有关。"白小宁压低声音，神秘地说。

"街上？"安平狐疑地问，"街上哪有人？"

"就是……"白小宁刚想说，突然想起了前几天她路过公园广场时，看到了安平跟那些人混在一起的场景。她有点儿犹豫了，但是仅仅过了两秒钟，她又重新组织起自己的语言："我是说周围越来越乱了，你看到新闻了吗？说是要注意他们那些不正常的人。"

"我很少看新闻。"安平似乎并不关心外界的事物，"再说了，电视里面不都是些骗人的吗？那些媒体总是通过他们的嘴在说，说一些他们想让我们知道的内容。那些内容会是真实的吗？你觉得我们应该相信那些电视和广播里的内容吗？"

"不，我不是说他们说的那些，总之我们的世界里肯定发生了什么，而我们一直被蒙在鼓里。"白小宁肯定地说道。

"那现在呢？我们应该怎么办？"安平抱着肩

膀说道，"你觉得你能弄清楚他们想干什么吗？"

"我觉得我知道了，他们就是想人为地制造一种恐慌！"白小宁盯着安平说道，"他们那些人，还有搞虚拟事件的一些人，他们应该是一伙的，现在这种游戏非常火，但是这个游戏的内容其实是很恐怖的，你有感觉到那些恐怖的内核吗？"

"恐怖的内核？"安平似乎还是没有理解，"我没明白你是什么意思。"

经过讨论，她们才发现，她们各自在虚拟实境中所经历的场景其实是完全不一样的。安平说自己那天的场景是水中，她就像一朵水母在海洋中漂浮，没有感觉到有什么不妥。

水母是没有痛觉的，因此哪怕是被捕猎，她也没有什么特别的感受，只是感觉自己渐渐失去了肢体的感知，陷入了黑暗中。谈到这里，安平突然很有兴致，似乎这比樱子的失踪还要重要。

"在某种意义上来说，杀戮或者被杀戮也是优雅的，不是吗？"安平微笑着说道，"就好像杀死鸡、鸭、牛、羊一样，都是生物缓缓失去生机的过程。"

"怎么可能，杀戮怎么能是优雅的呢？这件事本身就是一种残忍呀！"白小宁有些难以置信地看着安平，"那只是因为水母没有痛觉罢了，那些动物被宰杀的时候也是充满了痛苦的。"

"在海水中的这种杀戮，跟陆地上的杀戮有什么不同吗？就因为那是一些冷血动物，而陆地上的都是一些温血动物，它们的血液是有温度的吗？"安平反问道，"那么你说这些呢？这些阳台上的花朵，这些植物，还有那些不会叫的不会出声的生物，它们呢，它们算不算是生命呢？"

"我不知道。"白小宁有些恍惚，"你这个问题太复杂了，超出了我能回答的范围。"

"那么你说，那些被吃的生物，它们在经历杀戮时是否会痛苦呢？"

"会……"

"你开始觉得吃是一种残忍了吗？"安平盯着白小宁的眼睛。

"不知道……我也不知道，我就是觉得自己有一点儿混乱了。"白小宁慌乱地避开安平的视线。

"你能明白我的意思吗？"安平并不在意白小宁的慌乱，只是静静地说道，"所有的动物，只要活着就是在互相杀戮。"

"不杀戮，又怎么能生存呢？"安平有些感慨，"我们杀死了那么多生命，只为了获取继续运行的能量，像那个和你同姓的老男人，他每天要杀死的生命恐怕比我们加起来还要多，多得数不清。"

白小宁忽然觉得安平有些诡异，但她也说不出来到底是哪里有问题。

"我们为什么不能直接从自然界中获取能量

呢?我们为什么一定要杀死其他生命呢?"安平的脸色几乎不变,那一抹机械的微笑看得白小宁心里发毛,"科学技术发展到今天,我们是否已经有能力改造自己,不通过其他生命获取能量,而是直接获取能量本身呢?"

"怎么做,换电池吗?"白小宁随口问道,心中有了几分警觉。

"那太愚蠢了……"安平缓慢地摇了摇头,"想要真正终止杀戮,我们得停止进食外界的东西。"

"不可能,一个人是不可能不吃饭的。"白小宁斩钉截铁地说,"谁也不能不吃饭在这个世界上活着。"

"当然可以。"安平轻轻地挽起自己的袖子,露出她那像枯枝一样干瘦的手臂,白小宁有些不忍心看。因为那只手臂实在是太瘦了,似乎一碰就会在空中折断似的,那上面还有一些针眼儿。

"你疯了，你怎么会这样？"白小宁惊讶地看着她，"他们对你做了什么？"

"不，事情不是你想的那样。"安平依旧慢慢说道，"我接受了一种改造。"

"改造！你在说什么？你是不是发烧了？"白小宁越发吃惊，"你看你脸都发青了，是不是生病了？"

"不，我没有发烧。我，还有你们看到的其他人，我们都被进行了一种改造。"

"什么样的改造？"白小宁在心中已经隐隐约约地猜到了那个答案，但是她不想，或者说，不敢从自己的嘴里说出来。

"一种能够改变人体基因的技术，使叶绿体能够在人的细胞中产生。"安平对白小宁解释道，"当然这个技术还不是很成熟，所以前期我们还是要靠注射的方式来补充一些外源性的叶绿体，但是很快我们就能够自己产生叶绿体了。"

"然后呢,那意味着什么?"

"那意味着我们都不用吃饭了,所有的人。"安平突然笑了,她笑得很开心,她缓缓从椅子上起身,缓缓向白小宁走来。

"你要干什么!"白小宁惊恐地说,"安平!你在干什么!"

"你已经明白了进食是残忍的杀戮。"安平面带微笑地安慰着白小宁,"来和我们一起终止杀戮吧。"

白小宁很绝望,拼命地想往外跑,但是发现门和窗户早就已经被锁死了。

她喊了出来。先是一声,接着用尽全身力气使劲儿地喊。

"别费力气了,没有人能听到的。"安平的脸上依旧挂着平静的微笑,"难道你从来没想过那些人,他们都到哪儿去了吗?"

白小宁突然觉得很恐怖,这是一种从骨头里渗出来的恐惧,自己从来没有真正了解过面前的这个人。其实,一闪念之间她想到了樱子,樱子呢,难道自己就了解樱子吗?樱子在面对安平这个人的时候,在那样一个时刻,会不会也像自己现在一样绝望呢?不知道,她没法想象,她只知道自己此刻处在一个泥菩萨过河的境地里。安平一步一步向她逼近了,张开嘴笑着,像是一个莫可名状的怪物。

"你把樱子怎么样了?"

"樱子?我哪知道,就跟其他人一样吧。"安平扭了扭脖子,"一样,都一样!不过都是一些腐烂的肉罢了。"

"你疯了,你疯了!"白小宁大叫着。

"不,我很清醒,我比你们任何人都更加清

醒。"安平诡异地微笑着,"人有什么不同吗?不就是由蛋白质组成的,有很多液体的一副皮囊,那么这副皮囊又和世间的万物有什么根本上的不同呢?"

白小宁拼命地抓起桌上的东西向安平头上砸去。那是一个玻璃的鲤鱼缸,这只钝器一下子砸在她的头上。安平哼了一声就倒下了。

白小宁退到墙角。她挥舞着手边一切能抓得住的东西,嘴里不停地咒骂,半晌才发现被砸倒的安平躺在地上,以一个非常诡异的姿势一动不动。更不可理解的是,她居然流出了绿色的血液。就在这时,白小宁的头上遭到了重重的一击。

当白小宁最终从昏迷中醒来的时候,她几乎感受不到自己的手和脚,只感觉阳光有些刺眼。有那么一瞬间,她觉得自己好像是一株生长在暗室中的弱不禁风的植物。对,一棵豆芽,一棵无根的豆芽。就像第一次见到阳光一样,那阳光的热度和耀眼的光芒使她完全无法承受。她战栗着,想找些水,但是手边什么都没有。

"你太虚弱了,我给你带了很多好吃的。"随着一个缥缈在天边的声音,原本站在一旁的人影打开了一只浅色的背包,从里面掏出了火腿肠、牛肉干、酸奶,还有各种各样的小坚果。

白小宁只觉得一阵恶心。

08

终章·泔水桶

面对白小宁，安平没有过多的话，只是微微叹口气，说道："你就在我这里休息吧，过几天你就会和我，和我们一样，去拥抱阳光了。"说完，她便离开了这个独立的小房间。

白小宁正在遭受着前所未有的折磨。压力导致她精神高度紧绷，而那些食物，白小宁根本就不想去碰，高度的紧张和无休止的饥饿在不断拉扯着白小宁。

终于，白小宁的"弦"断了，她昏了过去。

昏迷的时候,她做了个冗长的梦,梦里的安平,身体恢复正常,但头顶却开出了花,那是粉红色的花。从花蕊的正中间,居然长出了一株巨大的枝干,接着又分出无数的藤蔓。藤蔓反向包裹住安平,层层垂垂的,像是一个茧。不,不是茧。白小宁盯了许久,突然明白了那是什么—— 一粒种子。

白小宁惊醒过来。她发现,她的衣服已经被换过一身了。也就是说,自己被安平触碰过了。

"你醒了,看来似乎察觉出来了呢。我确实对你实施了一点儿小小的进化,但我觉得你一定会喜欢的。将来,你一定会感谢我的。"安平听到屋里有了声音,便从窗户望进来。她看着白小宁,笑得像个阳光下的孩子。

在白小宁的眼里,那个笑容除了疯狂,就只剩下变态了。

"你,不仅害死了樱子,你还要再伤害我吗?"白小宁一边疯狂地摇动着窗户上的栏杆,一边对安平嘶声喊道。

"伤害?不,不,亲爱的,你的理解似乎有些错误啊。"安平歪了下脑袋,好像不是很理解白小宁的话,"我没有害死她,也没有伤害你啊,我是在带领你进化,即使我不带领你们进化,他们也会的啊。你不知道,他们可是真不懂那个'怜香惜玉'啊。"

"他们? 他们不会是,外面那群……"

"嘘,说这么多,不好哦,你只需要和我们一起,在阳光下伸展肢体就好了。"

"别,别这样,你应该明白的,你这样吧,你进来陪陪我,我挺害怕的。"

"骗我开门,呵呵,不必这么费口舌了,我不会被你迷惑的,但是为你开门,还是可以的,毕竟,你已经完成改造了,本来就该给你自由啊。"安平不以为意,打开了房间的门,随后白小宁便夺路而逃。

白小宁拼命地向门口跑去,外面嘈杂的声音让她安心,她从来没有像现在这样如此的渴望与人们交流,她就这样拉开了门,看向了外面。

外面是无数黄色和绿色的人,他们在用生命和火焰碰撞。周围的一切是如此混乱,如此冗杂,似乎令人分不清身后是地狱,抑或眼前才是地狱。或许两者都是,而她肉身所处的,正是地狱的中心。

她崩溃了,才短短的几天,世界却彻底改变了样子。她想要呐喊,可是她做不到,此时此刻,清晨的微光轻轻地扑在她的脸庞上,那种微弱而温暖的抚摸,让她感受到了无比的满足与快乐。她的嘴,并没能如愿地呼喊出任何一个音,却咧出了一个大大的笑容。

"啊啊啊!那里,那里还有植物人!"远处的武装人员指着刚从房间里跑出的白小宁喊叫,"开火!开火!别停!他们就是恶魔!"

"砰""砰"的枪声响起,无数红的黑的黄的绿的色彩,与极为难听的音符汇成了恶臭的泔水。

无数的人、肉糜、烂叶……汇成了一个巨大的坑,咕噜咕噜地冒起了泡。

下篇·禁欲猛兽

09

马兰花

“你今天迟到了。”

穿过巨大的房间，杜英远远地看到一个人影。

“是啊，今天的路上实在太拥堵了，而班车又总是这么慢。”杜英随口敷衍道。无所谓，那个家伙根本不会离开房间，自然也就不会在意城市里的交通状况。拥堵，或者不拥堵，对他来说没有任何两样。

“你呢，你怎么样？”

“我还好……就是头有点晕。”

杜英一扭头，有些惊讶地看见他的同事正把干枯的手伸进身边的一个大大的玻璃瓶子里，瓶子里装着说不上名的液体。那根手指在里面不慌不忙地搅动，引起了一圈圈的涟漪。

"……上班的时间不许喝酒，这好像是咱们这儿的规矩吧？"

"规矩？"那根手指并没有停下来的意思，反而游弋得越发欢快了，"老弟，你觉得这个时候还有人会管我们吗？谁会管我们呢？"

杜英想了想，觉得他说的也没有什么毛病，但还是小声说了一句："注意点好，毕竟身体还是自己的。"

"得了得了，赶紧做咱们的事吧。"

"好，毕竟咱们这里不开工，其他人就要挨饿了。"杜英打趣地说。

对方哈哈大笑："看不出来你这个人还挺有

责任心的。"

随着两个人的操作,电讯号沿着线路飞快前进,之后汇聚在一起,巨大的轴承们得到了新的指令。无处不在的传感器反馈了足够的讯息,液压传动装置连带着齿轮履带以及一些其他类似的东西,终于驱动了整个巨大的人造物。如果仅仅是看眼前的大屏幕,庞大的伞盖占据了整个屏幕的大部分视野,几乎看不出来有任何的移动,但屏幕角落不断跳动的红色数字又在时时提醒着他们,那种移动是真实存在的。

杜英又琢磨了几秒钟,用手指在键盘上轻轻触摸几下,修正了最后几个坐标点,说:"应该可以了,位置修正已经完成。看来你没有因为喝酒而耽误工作。"稍后,他又补充道:"今天的阳光很不错。"

"是呀,今天的阳光很不错,看来是个好日

子,那么我们是不是可以下班了？"

"随你吧。"杜英说,"下不下班,难道对你来说还有区别吗？"

"完全没有。"原本搁在键盘上的手指又重新插入到乙醇饮料中,"我哪儿都不想去,我就想在这儿待着。"

"你可真是个奇怪的人。你待着吧,我得走了。有朝一日我一定要给上级提个建议,让我在家里就能完成这些工作,而不用每天顶着烈日或者冒着雨到这个鬼地方,就干上这么几分钟。"

"安全措施呀,你懂的,这就是安全措施。"

"所谓的安全措施,不过是把一个人能干的事拆分成两个人、三个人或者更多人来干！真是愚蠢,仿佛几个人同时按键确定就能抵消这种罪过了。一个核按钮,分成十个人又能怎么样呢？实施安乐死的时候,死刑犯被注射药物的时候,也都要分成三个人来操作,这样就能分担他们身上的罪孽吗?结果不都是一样的吗?"

"好的好的,你赢了。"他举起双手,"哲学家再见,注意那些在街上游荡着的检索者。"

"好吧,我会注意的,你就放心吧。"

"希望明天也能按时看到你。"他的手继续在那个液体中搅动着。随后他摇了摇头,放起了一首轻柔的歌。

"尽量吧,如果我能赶得上那趟车。"

门关上了,一切又恢复了平静。杜英想:他叫什么名字来着?

10

百合花

对于杜英来说，今天是个不错的日子。

杜英总是搞不清楚那些官僚布置的条条框框，因为这样那样的所谓大人物们总是会想尽各种各样的办法，设计一些奇怪的法则，或是规章制度、法律之类的什么东西，把这个原本完整的世界分割成东一块、西一块的。这些可见的或不可见的规则网罗在一起，形成了一个隐形的巨大的囚笼，而每个人就像是豢养在笼子里的鸟或是老鼠。你尽力奔跑，用尽全力，但实际上还是在原地打转。

　　杜英对这一切心知肚明,他正是城市这座巨大囚笼里的小小的一只。

　　天气还算好,没有往常那样阴天,风也很惬意。他很缓慢地走着,伸展着四肢享受着路上的一切。这是属于他一个人的时光。

　　云层的缝隙中,一缕阳光洒了下来,打在了他的身上。杜英很高兴,路过一扇巨大的橱窗的时候,他照了照自己的脸,很精神,以及和往常一样巨大的空洞的眼神。

　　后来他路过一家店铺,貌似是一个古董店,透过窗户,看到里面好像坐着一个女人,似乎在低头收拾着什么,很专注的样子。她的发丝有一绺染成了微微的紫红色,这让她看起来非常的漂亮。她的动作很缓慢,一丝不苟的。

　　他很喜欢这个女人的样子,不禁停下了脚

步,过了一会儿,他决定推门进去打个招呼。

女人发现他的时候,似乎微微吃了一惊。杜英微笑着对对方说:"今天营业吗?"

"这营业吗?哈哈,怎么说呢,好长时间没有来过客人了,当然,当然可以营业,您请坐吧。"女人似乎有些无所适从,"您想要点什么?"

"随便来点什么就好,这里卖什么呢?"

"这里早先的时候是一家日料店,有很多料理出售。但是现在已经基本上没有这些东西了,不知道您还能够点点儿什么。"

"那你为什么还要留在这里继续打扫着,既然你知道也没有什么顾客上门了。"

"我也说不清楚,可能是一种习惯,也可能是一种纪念吧。"女人笑着摇了摇头,又好似突然想起了什么,"哦,对了,我想起来了。这里还有味噌汤,是那种用粉包冲的,也许您可以尝试一下,我觉得还不错。"

"那就麻烦你了。"

"一点都不麻烦，我这就给您去做。"

在美丽的女人离开的这会儿时间里，他静静地环顾四周，打量起这间不大的小店来，窗户很明亮，被擦得一尘不染，看得出来，这个女主人确实花了很多时间来打理这个地方，这在今天这个时代确实是非常少见的。

这条路不是他往常走的路，平时回家的时候他总是坐车，下车后一头扎进家里，而今天自己也不知道什么原因，也许是不想这么循规蹈矩地跟往日一样吧。看得出来这条路曾经的繁华，周边有很多小店，有小吃店，有饮品店，也有一些旅馆或者是其他的休闲场所，也许这曾是一条人来人往的旅游路线吧。但是现在大街上一个人没有，整条街从头走到尾，似乎也没有几家店开着。

现在回想起来自己能够注意到这家店，也许就是因为在无数灰秃秃的店面中间，这间橱窗特别明亮的店吸引了自己的目光，而它的女主人又是那么的光彩照人。

几分钟之后女人回来了，手里端着一个小小的鱼形白碗："这就是味噌汤，请慢用。"

他尝试了一点，然后皱了皱眉头，有点儿咸，他从一旁小小的纸巾盒里抽出了一张纸巾，轻轻擦了擦自己右手食指的指尖。他这时用余光看了眼对面的女人，似乎有一种微微的失望的样子。于是他又把手指向那碗汤中搅去，这一次他的手指停留在那个小碗中的时间，长了许久。

"嗯，仔细感受起来的话，好像还是挺独特的。在这之前我从来没有试过这种东西。"

"是吗？说的也是呀，我来陪您喝好了。"女人欢快地又拿出一只小碗，把自己的手指轻轻放了进去，"说实话我到现在还不是那么适应这种进食方式呢，有的时候我看着这些小碗，还在想要不要从嘴里把它倒进去。"

"千万不要，千万不要，我的一个朋友就是这样，然后在医院里待了好久。"

"是呀，我是不会那样做的，您也许会觉得我是个傻女人吧？"

"不，这个世界上的女人不是都傻，起码我见过的女人都是这样的。"

他有点不知道该怎么聊下去了，也许该问问她的名字，但现在这个气氛似乎不太好。

"时间不早了，该告辞了。"他轻轻地站了起来，想了想说，"我应该付您多少钱？"

"不用付钱了，这是我请您的。"

"初次见面就让美丽的女人请客，这样似乎是不绅士的行为吧。"

"您不用这么说,如果说要付钱的话,其实您能陪我一起喝一碗味噌汤,对我来说已经是很好的报酬了。"

　　"那就谢谢您了。"

　　他迈开双脚向大门走去,在即将推开门的一瞬间,他停下了,回过头来轻轻地问:"您平时都会在这里吗? 我,我是想说……"他有点说不下去了。

　　"是的,我每天都在这里,您如果下次路过这条街的话,应该还会看见我的,谢谢您的光临。"

　　"谢谢您的款待。"

　　"我能知道您的名字吗?"女人说。没有任何征兆的。

　　他微微一愣。身为男子,居然被女人抢先问出了这个问题,实在是有些失礼啊。

　　"我的名字叫杜英。"他老老实实地回答。

"杜英。"女人轻轻地说着，"杜英"这两个字被她放在口里细细品味着，"真是好名字啊！"

"那么您呢？"

女人露出温暖的笑："叫我樱子吧。"

杜英点点头："再会，樱子。"

真希望能够早点再见到樱子小姐呀。这样想着，杜英缓缓地踏上了回家的路。

11

芝樱花

杜英回家花了不少时间。

也许是他今天走的路太多，所以有点疲惫了，在回到家前的最后一段路上，他一直在想东想西。女人的笑脸出现在他脑海里，一会儿又变成冷冰冰的脸。街道上连一只猫都没有。

他有些大意，没有注意到附近有两个检索者已经摇晃着朝自己走来了。等到自己发觉时，他们已经走得太近了，所以他不得不停下所有的动作接受检查。

"检索，搜索；检索，搜索……"

他们念念叨叨的，朝自己走了过来。

虽然很不情愿，但是杜英还是强迫自己立刻面向他们伸开双臂，并且尽量保持住呼吸的平稳。

检索者们越来越近了。他们的身躯比一般人要庞大得多，身上也比普通人穿着更多的织物，据说这些织物是为了在某些紧急情况下保护他们躯体的。

距离他最近的一个缓缓地把双手抬了起来，那个动作让杜英的脑海中呈现出了一些不好的形象，都是来自一些三流科幻电影中的僵尸角色。他忍住恶心，强迫自己面对着他，然后闭上眼睛，尽量平静地接受检查，在这个时候他不能够移动也不能够逃走，不然会导致更加严重的后果。

检索者慢慢张开了嘴，似乎想要大口大口地

吸气，以分辨出杜英残留在空气中的气味。这些家伙的视觉神经已经退化，视野并不好，所以他们的行动更主要是依靠嗅觉。在他们双手的前端已经进化出了一些细密的触角，平时是蜷曲着的，在遇到可疑的情况时，才会伸展而出。夜色下，这些细密的触角并不明显，就好像随风摇晃着的孱弱的豆芽。

这时候两个检索者的双手都已经伸向了他，一个人按住他的肩膀和右臂，另一个人则抱着他的腹部和左手。杜英一动都不敢动。检索者的数十只触角轻轻地接触着他的皮肤，让他感觉到有一种微微的刺痛感。还好，很快就会过去了，他的心里这样安慰着自己。过了一段不长不短的时间，也许是十几秒，也许有一分钟。检索者一无所获，就慢慢地松开了缠绕在杜英身上的触角。他们转身慢慢地向其他方向走去，一边还是不断地说着:"检索,搜索;检索,搜索……"

杜英把抬得有些酸痛的手放了下来,深深地吸了一口气,这才走了回去。唉,这些没脑子的家伙。他转过身走到自己的房门前。

"这可真是漫长的一天呀。"

"这可真是漫长的一天",就在他要打开房门之前的一瞬间,突然耳边响起了这句话,他有点恍惚了,是自己的错觉吗?不,应该不是。

一个身影悄无声息地靠近他身后,他感觉到有个什么锐利的东西顶住了自己的后颈部。

"抱歉,我实在没有其他地方可以去。再往前走就要到私人地盘了。"杜英赌了一把,想把自己伪装成路过的样子。

"别耍滑头。往前走,进屋去。"来人似乎对他有些了解,"不要出声,往里走,快进屋。"

这可真是最糟糕的情况,不过现在他突然明

白了,为什么那些笨拙的检索者们会聚拢在自己家的附近,显然自己不是他们寻找的目标,而此时此刻站在自己身后,用什么锐器顶着自己脖子的那个人,他才是检索者的目标。检索者此时已经走远了,他知道自己只要稍微反抗或者发出喊声,不等他们回来,后面那个可怕的人就会拧断自己的脖子。

这可真是糟糕,也不知道是怎么了,杜英发觉最近自己的脑子总是转得很慢,判断力也下降了,不知道为什么到现在才反应过来当下是怎样的情况。没办法了,他只好乖乖就范,压低嗓音低声说:"我会按照你说的做,请不要伤害我。"

"不许再说话了,我并没有让你开口。"那个人声音很冰冷,"现在把你的双手抱在头后,慢慢地贴在墙上,不要发出大的动静,听到了吗?"

杜英缓缓点了点头,照着做了,停了几秒,后面的声音伴随着沉重的呼吸声，"钥匙在哪儿，快告诉我钥匙在哪儿？"

杜英没有回答，只是稍微移动了下身体让解锁系统能够扫到自己的脸。他自己的房子是面部识别的。很快，房子辨认出了他的脸。

"欢迎回家，主人。"杜英稍微犹豫了一下，点了点头，大门应声而开。

"别耍花招，快点进去。"

杜英照着做了。

进门之后，杜英没有回头，而是小声说："行了，这会儿你也安全了，可以放过我了吧？"

没有回答。

"你可以在这里随便坐一会儿，或者找点什么吃的，等那些检索者远远地离开。"杜英镇静地说道，"但是，你最好告诉我多长时间能离开这里，我现在不想迎接像你这样的不速之客。不过我也不会把你的事情说出去的,我保证。"

身后传来一阵细密的沙沙声,似乎是那人的脚步声,他离开了自己。

"把手放下来吧。"

杜英犹豫了一下,照做了,听得出来那人已经坐在了沙发上。

"好了,回过头来吧。"

"不,我并不想这样做。"杜英没有回头,"先生,如果你没有什么事情的话,我觉得你可以离开这里了,我并没有看到你的脸。"

"我觉得我们可以开诚布公一点,我已经在这里等了你一整天了。"男人的语气放松下来,"实际上不用耍花招,监控摄像头里已经留下了我的样子,你敢说不是吗?"

他说得对。

"你说得对。"杜英转过身来,这次才真正看清了面前这个男子。

他的身高比自己高半头，也就二十多岁的样子，头发是卷曲的，穿着一件黑色的无袖夹克衫，但是有些地方已经磨得开裂了，这种粗糙感恰如其分地跟他很匹配。他的胳膊粗壮有力，兼具浑圆的线条和不错的维度。当然最让人印象深刻的还是那张脸，轮廓硬朗，目光很有神，两颊有青色的胡茬痕迹……这些都让他显得和平时所见到的那些人格格不入。

"你搞错了。"

"什么意思？我不太明白。"听了他的话，杜英开始紧张起来。

"我就是来找你的。"

杜英躲避着对方毫不客气的目光："你在说什么？我并不认识你，也不想和你这样的人扯上联系。"

"哼，你错了，都错了。"他说着，靠了过来，"我知道你是谁。"

"是吗？"杜英一边在胡乱应付着他，一边想着如何能摆脱这个困境，"那还真是荣幸呢。"能用什么法子引起他的注意呢？快想，快想。

"在现今这个世界上，你知道的，已经没有多少人真正在从事工作了。而你，是一个真正的工作者。"

"谢谢，我不知道你这是在褒奖我，还是在讽刺我？"

这句是心里话。如今这个社会，大部分人是不需要工作的。因为人口并不像几个世纪之前那么多、那么拥挤，那会儿每个人都慌慌张张，好像永远火烧着屁股一样。

"现在的人已经跟以前的人完全不同了。自从黄金时代过去，人们更愿意宅在家里，安安稳稳地度过自己的一生。"男人缓缓说道,"因为每个人所占用的资源很少,相应社会资源所需要的必要劳动力和必要劳动时间也就随之减少了,自然劳动人口也就越来越少,且更低的出生率加剧了这个趋势……现在社会已经完全跟以前不一样了。"

"对不起,你说得太快了,也太多。"杜英举起了自己的手在空中比画了一下,"你走得太快,说得又快,让我有点头晕,我不太明白你的意思。可能我的思维有点跟不上了。最近我总是这样,你不如直接告诉我,你来这儿的目的是什么? 为什么要找到我? "

"想知道我们的目的吗,杜英先生? "男人笑了笑,"不如先回答我的问题。你有没有发现外面的人越来越少了? 就比如你身处的小区,你难道没有发现身边的人都已经不再出门了吗? "

来人嘴里的一个词引起了杜英的警觉。是"我们",不是"我",这说明他并不是一个人,他后面肯定还跟着一个团伙。那么他们究竟有多少人,是什么时候盯上自己的,又跟踪了自己多长时间呢?这都无从判断。他竟然正确地说出了自己的名字,说明他们真的已经在自己身边布局很久了,这样想着,杜英不觉惊出一身冷汗,感到了一种生理上的不适。

"我并不觉得有什么特别的,现在出门的人确实少了一些,说实话那些阴天下雨的日子,我自己也不愿意出门,所以大部分人都宅在家里这也是很正常的情况吧。而且你说整个小区的人都不出门,我很难相信你。你有什么证据吗?我看,这也是你们的猜测吧。"

杜英故意用了"你们的猜测",而不是"你的猜测"。他想试探一下对方的反应。

来历不明的男子好像对他的这个说法毫不在意。他清了清嗓子："不，不是猜测。是我们掌握的资料正在说明他们不出门了，除了一些特别的日子——节日或者其他有特殊意义的日子——其余时间没有人知道他们在干什么。这应该是个很反常的现象。"

"所以说，你为什么非要找我？"杜英说，"再说了，你刚才说的我不认同，在如今这个年代，人们根本没必要总出门。我就不觉得外面有什么好的，还总要应付那些检索者。"

"那些检索者所搜索和追捕的对象并不是你们，这点你非常清楚。"男人冷冷地看着杜英，"他们追捕的对象是我这样的人。"

"说得没错。"杜英毫不客气地接上，"就是你们这样的人，严重干扰了正常人的生活。"

"正常？我看未必吧，你应该知道以前的社会是什么样的。那时候世界非常忙碌,每个人都有自己要做的事情,而不是像现在这样都宅在家里。从前的人,他们分工明确,拥挤在路上,然后兴致勃勃地组建着自己的社会,也建设着自己的家。"

杜英轻蔑地哼了一声:"那不就像蚂蚁一样吗! 一大团蚂蚁也有社会分工,干这个干那个,好像把自己搞得很重要似的。但是蚂蚁操劳一生,其实什么都留不下。我并不觉得那样的社会有什么好的。"

"你似乎认为那是种低等的社会形式。"男人盯着杜英。

"当然是低等的,是昆虫的、是动物的活法。"杜英故意把"动物"这两个字吐得很重,他已经慢慢站起身来,朝着房间的另一端缓缓移动了。

"动物"这个词似乎激怒了对方,这使他并没有留意杜英的动作,而是有点生气地快速说道:

"人本来就是一种高等动物！人是由猿人进化而来的，而猿人呢，又是从爬行类进化而来，在最早的时候大家都是海洋里的鱼类！这点不可否认！"

"人一直就是一种动物，这有什么可气恼的。"杜英不屑地说道。

"这就是我们跟你们的根本分歧了，你看看你！"男人指着杜英，似乎有些不愤，"你还算是人类吗？"

"我们所有的人都进行了改造，你其实也不例外。"杜英以挑衅的语气教训着对方，一边悄悄挪动着身体，"小子，你不要觉得看了点乱七八糟的书或者地下流传的黑资料视频，就觉得你是什么了不起的救世主了，你对这个世界一无所知。你不也是靠着光合作用活在这个世上的吗？"

杜英突然按下了一个隐蔽的按钮，窗户猛然打开，因为许久没有动过，发出了"砰"的一声巨响。紧接着自动喷淋装置也开始启动——两支水柱同时朝室内浇了下来,两把巨大的雨刷也开始吱吱嘎嘎地擦起巨大的落地窗户来。那家伙似乎对这个意料外的动静有点措手不及,一下子蒙了。更可怕的是,这个反常的情况立刻吸引了附近的检索者的注意。他们纷纷抬起头,嘴里发出"检索,搜索……"的声音,嘟囔着向他们靠近。

男人反应过来,一跃便从窗户窜了出去。

"拦住他!"

一名最近的检索者追了过去,用尽力气想要抓住他,但是很显然男人的力气比他们大,很快就挣脱了。检索者朝着附近的同类们大吼大叫起来:"拦住他,抓住他!"

检索者们很快开始行动了,他们像晃晃悠悠的不倒翁似的聚起了一道人墙,但那男人的速度和力量实在是远超他们,很快便从人墙中的缝隙里钻了过去。更多的检索者响应召唤从远处赶来。没有用，男人就像猫一样敏捷，不断辗转腾挪。杜英突然意识到，这些家伙是不可能被抓着的。

路面上的喧哗渐渐平息下去了。杜英明白了检索者们的效率跟那个男人根本不在一个层级上，数量再多也没有用，今天晚上是得不到什么结果了。他返回屋里按下紧急警报按钮报警，红灯立刻亮起，接警的速度格外迅速。不过接警的速度虽然很快，响应的速度却不快，那边传来了一个懒洋洋的声音："喂——"

杜英原本悬着的心有些放松了下来，他本来以为这个时候应该没有人工服务了。冰冷的机械声线总是让杜英的耳膜十分难受，在经历了这样一个离奇的夜晚后，一句发自真人的声音让他觉得有些欣慰。

"什么事？"

"我,我遇上一件怪事,有人追踪我。他闯入了我的屋里。"

"……闯进了你的屋里，他现在还在那里吗？"

"不,他已经逃走了。"

"……他是怎么逃走的？"

"我想办法打开了窗户呼救，于是他就从窗户跳了出去。"

"……从窗户跳了出去？没有人能从窗户跳出去。"

"不,他不是我们这样的人,他是一个……怎么说呢？他的速度很快。"

"哦，我明白了……是那种基因改造不彻底的人。"

"也许根本没经过改造。"

"这是不可能的，现在世界上所有的人都已

经是改造完的第二代产物了。"

"说不定有老一代留下来的一直伪装在我们身边的产物呢？"

"你是个守法的好公民，感谢提供线索和积极配合。社会安全需要我们每一个人的共同努力。"

通讯机的信号断了。也许对方把自己当成了一个普通的神经病。

那个晚上杜英沉思了好久才睡着，即使睡着了，梦里也还是不断回想着那个人的话。

12
睡莲

清早时分,杜英发觉事情有些不对劲儿。也许是因为昨晚的经历,他开始留意一些之前从未留意过的事情。"好好看看你的周围吧……"那个奇怪男子的声音一直在耳畔挥之不去。

　　脚下的这条路自己走了多久?杜英仔细地回忆了,却没有找到想要的答案。从他踏入社会开始工作的第一天,他就再也没有离开过这条路。道路在城市中蜿蜒蜒蜒,像是一条巨大的扭动的蛇,蛇头是自己的住所,而蛇尾则是工作的地方。

自己每天用双脚丈量着巨蛇的长度，一步又一步，从来没有偏离过哪怕一丝一毫。

不，不是每天。

杜英回忆起了自己刚来到空港上班的第一天——真奇怪，哪怕记忆力下降了，那么久远的事情却是如此清晰——那是一个阳光明媚的早晨，空气很新鲜，一整夜的小雨将整个城市洗刷得干干净净，无论怎么看，都是一个适合开始新生活的好日子。杜英穿上一双早就准备好的新鞋——那双鞋后来去哪儿了呢——在晨曦中出门，第一次踏上了那条在未来的日子里行走了千百遍的路径。未来是不可知的。对于杜英来说，每一步都是新的一步。

他就那样走啊走，跟路上遇到的行人不时打打招呼。现在回想起来，那时候路上还真有不少人。虽然他们中的大部分一辈子也没有离开居住的城镇去往更遥远的地方，但是并不像后来那样干脆足不出户了，大家还是愿意在那样一个阳光明媚的日子到户外活动的。

他沿着道路前进，很快，就看到了自己的目的地。在整个城镇的边沿，那也许是最宏伟的存在物了，随着一步步走近，它也在杜英的视野里占据了越来越多的地方。杜英手搭凉棚，眯着眼睛，迎着阳光朝天上看去，只能隐隐约约地看到"云荫"边缘的轮廓。

早在一个世纪之前，人们就提出了"云荫"计划。随着植物性人类在人群中的比重越来越高，动物性人类因其冲动、好斗以及感性等陋习，在一轮又一轮的文明选举中逐渐式微，慢慢地远离社会边缘，最终被剥夺了作为"人"的主体权利。植物性人类与动物性人类彻底决裂，重新划分了彼此势力的边界。在彻底"分家"之后的几十年里，植物性人类社会不断向前发展，而动物性人类社会在内耗中不断衰落，基本已经消失在了人类的历史之中。这时，理智的植物性人类提出了一项人类历史上最宏伟的计划，那就是"云荫"计划。既然动物性人类不再拥有土地，那么他们也不应该再拥有天空。移植了叶绿体、仰仗着光合作用的新人类需要更多的能源供给来维持文明的发展。

巨大的太阳能电池板不断被建造出来，布满了山川、平原，填平了湖泊、河流。这时候，人们抬起头，重新审视起头顶的那片蔚蓝色——天空，是时候被新人类重新利用了。

此时此刻，杜英正站在这样巨大的人造物下，内心涌起的阵阵激动使自己的身体微微颤抖。"我居然站在这个世纪人类最伟大的奇迹之下。"他在心里说。不仅如此，他还要进入"云荫"内部，成为中枢控制室的一名操作员——在当下,这是多少人梦寐以求的职业。

从思绪中回过神来的时候,杜英已经再次站到了"云荫"之下。记忆与现实,在这一刻交融为一体。

他没有立马按下电梯按键,而是转过头去,回顾来时的路。不知为什么,这是他第一次这样做。杜英惊讶地发现,身后的城镇看起来并不大,至少从现在这个角度看是。诚然,"云荫"随着一代又一代人的扩建,每一片都至少有十平方公里或者更大的面积,但是他从没想过,自己和街坊们栖身的城镇看起来是那么渺小,一座座小楼就好像是巨大的伞盖之下几块不起眼的小石头。如果从上空俯视,整个城市就好像布满了层层叠叠的睡莲。

几十秒后,他随着高速电梯进入"云荫"的中枢控制室。

"来——了——"操作员 A 的手指在营养液里搅动着,嘴一张一翕地咧开,"哲学家?"

杜英"嗯"了一声,算是回应。他已经懒得再去回忆自己这个搭档的名字,因为他座位的背后刻着"操作员 A",所以姑且称为老 A,想必也是不会介意的。杜英瞅了瞅属于自己的那张操作椅,惊讶地发现它很是陈旧了,两侧的扶手已经被摩擦得锃亮,而且布满了细细的裂纹。他仔细想了想,突然拉开了控制面板下面的第二层抽屉,里面有一团许久没有用过的已经完全干透的桌布。

"今天可净是些新发现。"他一边嘟囔着,一边四处寻找水源。很快,他在控制室的后方找到了破旧的卫生间。他走进去,试图拧开水龙头,却发现早已锈住了。他加大力量,终于战胜了铁锈的顽固,成功地从后者的指缝里得到了一些浑黄的水。就这样,他把抹布弄湿,然后回到控制桌前,用力地擦拭起控制面板和操作椅。

"你……"老 A 发现了他的异常之处,"你在干什么啊?"

"是啊,我这是在干什么!"杜英把抹布扔在了地上,然后双手插进褐绿色的头发里,用力揉搓起来,"只要一个电话,设备部就会把新的操作椅送过来的。"他有些懊恼:"怎么回事?我怎么没想到呢!"

老 A 呆呆地盯着他看了一会儿,慢慢说:"你今天似乎有点不大对劲儿。"

杜英摇了摇头,一屁股坐在破旧的沙发上。他自己也觉得自己有些不对劲儿,但是说不清问题出在了哪里。

"你是不是低血糖了?能量不足?"

"也许吧。"

老 A 点了点头,费力地弯下腰,从脚边的一个早已看不出是什么颜色的袋子里翻找了半天，终于拿出一个灰突突的瓶子。

"来补充点营养液吧。"他把那瓶子递了过来，"这两天阴天，阳光少。"

经老 A 提醒，杜英才反应过来。他一边道谢，一边接过了瓶子。但是阳光……他抬起头，透过玻璃看着远方的天空。在巨大的"云荫"缝隙中仅存的光亮，让人难以判断到底是阴天还是晴天。杜英凭着来时的感觉，认为今天应该是晴朗的，可是此刻他又觉得自己不那么确定了。

"云荫"上面遍布的人造叶绿体，会以超人体内叶绿体千百倍的效率工作。杜英叹了口气，人们花了大力气改造身体，刚刚摆脱了数亿年进化路上的累赘，现在反而用更高级的科技直接取代了这一切，让"吃饭"这件事变得不再重要。

他停止胡思乱想，将营养液灌进了自己的口

腔。几十秒后,变化来了。他感觉到一股暖流从自己的身体内部萌发,流淌进血液,扩散到四肢,进而浸染到周身的每一个毛孔里。高效的生物催化剂和能量补剂,让惆怅的杜英很快焕然一新。

"怎么样,好些吗?"老 A 关切地问。

"好多了,老 A!"杜英感激地说。

"这人啊,不管怎么样,还是得记得吃饭,吃……补充能量。"老 A 又恢复了往常那种淡然的神情,"哎,你还要吗? 我这还有,不行你再拿两瓶?"

"谢了,我也有。"杜英感激地说。自己可真傻,来的路上还在回想当年的事。其实无论是自己,还是周围的一切,早就已经回不去了。没想到自己刚刚入戏太深,还给自己弄低血糖了。

他一想到这,忍不住"嘿嘿"笑了起来。结果刚好看到老 A 正关心地瞧着自己,连忙低头从自己的背包里掏出两罐新型补剂,递给老A:"新口味,你尝尝我的。"

老A也不客气,直接拿过来就打开往嘴里送。

"别说,味道还真不赖……也许,你该出去透透气。"

杜英看了看控制室里早已干枯的植物,说:"你说得对。"他看了看面前的办公桌,"我这边也没有什么要紧的事,那就拜托你多盯一会儿了。"

老A并不抬头,只是比出了一个"OK"的手势。

离开"云荫"大楼的时候,杜英也不知道自己应该到哪里去。

他将手伸进上衣口袋,掏了掏,一无所获。迟钝的大脑这才反应过来,也许自己是在找一支烟。抽烟,那也是很久之前的事了。杜英已经挺长一段时间没有碰过香烟,他甚至想不起自己最后一次抽烟是在什么时候，是跟什么人在一起抽的。

就在他胡思乱想的时候，突然间，背后发出了"轰"的一声巨响！杜英还没有反应过来是怎么回事，就被一阵巨大的冲击波掀翻，随着周遭的空气一起向前冲去！他腾空了足足两米高，然后又像一片落叶一样飘落，直接脸朝下拍在了道路中间绿化带的泥土里。

杜英脑袋完全搞不清，好像自己思维的速度完全跟不上身体的变化。他在地上稍微躺了一会儿，才慢慢支撑着身体坐起来。朝身后的方向看去，杜英震惊地发现，来时的地方已经是一片狼藉。就在刚才，"云荫"的底层位置发生了爆炸。他的脑袋"嗡"地一下，终于旋转起来。那个地方距离支撑整个大楼的底座很近，现在浓烟滚滚，完全不清楚"云荫"受到的损害达到了什么程度。

一些奇异的声音在周围响起来，他反应过

来,那应该是火警。很快,许许多多细小的,如同蜘蛛、螃蟹样的机器人从各个角落冲了出来,绕过呆坐在地上的杜英,又会聚到一起,形成一个个壮观的方阵,快速朝着爆炸点冲过去。杜英感到头上有些潮湿,用手捂着额头,一股温热的液体从指缝间流了出来。

"老 A 最好没事……"杜英顾不上头上的伤,这样想着开始往回走。他想赶紧回到办公室里看看老 A 的情况。

就在那个时刻,他瞥到了一个人影。那个人从大楼的另一个出口出来,往与他相反的方向一路小跑,很快消失了。那个人穿着灰色连帽衫,帽子是拉下来的,看不清脸,但是好像身形消瘦。他是这个大楼的工作人员吗? 自己之前好像没有见过。杜英顾不得多想,捂着自己的额头,一瘸一拐朝着大楼走去。

大厅里面已经是一片混乱。为数不多的工作人员，要么呆立在原地，要么没头苍蝇一般乱转，似乎谁也不知道该怎么办。杜英走到前台，瞅瞅那个自己几个月来没怎么说过话的女前台，询问刚才发生了什么。她一脸的茫然，显然也受到了惊吓，根本听不懂杜英的话。杜英摇摇头，又望向对面的沙发，希望能获得其他的讯息。沙发旁边站着两个类似保安的人，于是杜英又朝他们走去，但是那两人都非常紧张，在杜英问话的时候，说话磕磕绊绊的，几乎都不敢正视他的眼睛。杜英低下头，发现他们只是愣愣地盯着脚边不时掠过的一两只救火机器人。

　　"废物，都是他妈的废物！"

　　杜英很快发现，没有任何人能告诉自己现在的状况。他很烦，直接抛下这几个呆头呆脑的家伙，朝着电梯间走去。他用力地按下了电梯，但是没有任何的反应，接着他用手掌整个拍下去，电梯灯依然没有亮起。他又走到电梯门前，伸手拍了拍电梯的门，依然如故。就在他想要抬脚踹门的时候，那个女前台终于说话了："火警一响起，电梯就不能用了。请您……"她的声音低了下去，"先生，请您选择步行梯吧。"

杜英低低地骂了一句，转身朝着楼梯走去。他已经很久没爬过楼梯了。

几分钟后，他再次来到控制室。

情况有好也有坏，坏的是爆炸的地方就在这附近，走廊的墙壁炸出了一个大洞，浓烟的出处正是这里。好消息是，救火机器人已经基本控制了这边的火势，而且控制室的大门只有轻微变形，里面应该没有多大损伤。

杜英很快进入控制室，里面的情况验证了他的推断。

老 A 显然也被突如其来的意外给吓坏了。

"老杜,刚才……"

杜英来到控制台前,不由分说,拉着老 A 离开现场。老 A 身上似乎没有受什么皮外伤,但是整个人蒙蒙的,嘴里一直念叨:"怎么了? 这一切到底是怎么了呢?"

杜英铁青着脸:"都搞不清楚状况,咱们先离开这儿再说!"

等他把老 A 连拉带拽拖着离开控制室,重新来到地面的时候,天色已经晚了,几乎看不清楚周围的街景。

杜英一屁股坐在地上,额头上一跳一跳的,腿也很疼,但这些都没能阻止他的脑子转动。

"这到底是怎么回事?"他喘着气问,"爆炸发生时,你有发觉什么异常吗?"

老 A 摇摇头,表示不清楚。他又想了想,说:

"可能是有人来搞些破坏吧。最近,那些'云荫'的抗议者人数越来越多了,似乎都组织起来了。"

"是吗?"杜英还是第一次听到这样的说法,他之前没怎么关心过社会上发生的事。

老A瞟了他一眼:"要不然你觉得那么多火警机器人,还有那么多检索者是怎么回事?'云荫'的出现确实提升了人们的生存效率,但是抗议的声音也一直没有停止吧。总有那么一些人抱怨他们看不见天空了。"他顿了顿:"尤其是最近,'云荫'的效率开始下降,这种不满也就越来越多了。"

"云荫"的效率下降,杜英是知道的,毕竟作为这样巨大的一个生态支撑系统,每天要为城市里上百万人提供能量,工作量是十分巨大的。而且自从建成到现在,"云荫"几乎没有接受过大的停机检修,一些小毛病会逐渐积累,影响到效率,这是很正常的现象。他抬头向上空望去,就是这样一个遮天蔽日的存在物,一直支撑着人类的文明。千百年来,人们似乎早已经习惯了向土地要粮食,古人们肯定想象不到,真正取之不竭的能源,是来自天空。

"我知道以往有些人来搞破坏,但一般也就是出出气什么的吧。"杜英说,"没想到这回都用上炸弹了。'云荫'效率的下降,跟这些人不遗余力搞破坏,也有关系的呀。"

老 A 叹了口气:"人们总是这样,一方面想要享受科技进步所带来的成果和生活上的便捷,另一方面却不想受到哪怕一丁点儿的委屈。好的事情来者不拒,坏的呢,只要稍微影响到自己一点点,那就完全接受不了!张嘴闭嘴把什么'自由''生态'说得山响。其实呢,明明是我们给他们带来了更多的自由,更好的生态环境!"

"而这就是他们带给我们的。"杜英把手从额头上放下，手掌上是早已干涸的血。

"算了，不说了。"老 A 从地上站起身，"看来这班也上不成了。我走了，回家。"

杜英想问他还需不需要帮什么忙，老 A 已经在他开口之前说道："我也早该回家去看看了。上次回家，好像已经是三个月以前了。我得回去看看我那婆娘跑了没有。"

杜英用手拍了拍老 A 的肩膀。这时候，一个女声从背后响起。

"哎，这不是杜英先生？"

杜英和老 A 同时回头，一个漂亮的女孩正瞪大眼睛看着两人。

"你不是樱子小姐？"

"哦哦，原来是认识的人。"老 A 突然来了精神，用胳膊肘碰一碰杜英的肋部，"这位美人是谁呀？"

杜英老老实实地交代："这位是樱子小姐,我们是在她经营的一家餐厅里认识的。这位,是我的同事,A君。很不巧,我们工作的地方刚遇到了点意外,是……"他想了想,"是突然发生的火灾。还好我们俩一起逃了出来,没有什么大事。"

"你看你还说没有什么大事!"樱子有些着急,"你头上的血都流下来了。"她关心地掏出一条手帕递了过来:"我的店离这里也不远,要不要过去坐坐?"

没等杜英回答,老A就说:"好啊好啊,樱子小姐。我的这位小兄弟受了伤,既然都是朋友,如果樱子小姐不见外的话,我们就冒昧地上门叨扰了。"说完,他还朝杜英眨了眨眼。

"那我们现在就走吧。"说完,樱子就转身,给两人带路。

三个人就这样,一前两后,在昏黄的街道上

缓缓地走着。杜英看着微弱的灯光给前面婀娜的少女周身嵌上了浅浅的金色镶边,觉得意识莫名地有些模糊……

"事情怎么会发展成这个样子了呢?搞破坏,为什么会炸到控制室那里?"

"我也不知道,以往他们也就是在大楼周边松松土,做点小动作,很快就被制止了,但是这一次不知道他们是怎么混进来的,毕竟这个世界上有很多人对于这个东西还是仇视的。"

"仇视这一点我就非常不理解,难道大家不是要靠这个吃饭吗?"

老 A 摇摇头:"我也弄不清这些疯子的想法。"几个人就这样有一搭没一搭地聊着,聊到彻底分开了。

13

三色菫

很快,一个星期过去了。

因为工程部要进行维修,公司通知杜英调休一段时间。杜英没有地方可去,整天就窝在家里。他也没有什么朋友,自从出事那天从樱子的店里回来,他就再也没有踏出房门一步。

在这一星期里,杜英蜷缩在棉被里做了很多梦。那一天,他跟老 A 在樱子的店里待了很久。虽然自己已经几次暗示,是不是应该离开了,可是老 A 却兴致很高,非要跟樱子多喝几杯。樱子对自己这个有趣的同事很好奇,并不拒绝。到最后离开的时候,杜英已经记不清自己究竟喝了哪些饮品了。只是感觉到樱子调制的饮品,跟市面上流通的营养液有很大的不同。不光是口感,似乎还有一种不太一样的风味。

这种风味,让人回味无穷。

他好奇地问樱子,那种饮品到底是怎么做的?樱子只是笑笑,约他一个星期后再来。

他请了假,表示自己身体不舒服,调休后也不去上班了。杜英的搭档并没有细问其中的原因,沉默了半晌,只是说了句"保重身体"就挂掉了电话。他对此是感激的,长久以来的工作与合作使两人之间已经形成了一种旁人无法理解的默契。对方明白此时此刻他肯定有一些难言之隐,所以就没再刨根问底。也许事情很快过去,他就会按时回到工作岗位上了。

但是现在的问题却比自己想象的复杂。安保系统并没有起到作用。这个城市的护卫者们和检索者们没有抓住那个小偷,他们也明白,他们或许永远抓不住他。他看了当天的城市新闻,在各种无聊的消息之间只有一小段提到了夜里的骚动,但是具体的情况却语焉不详。他知道不会再有什么结果的, 但是他并不能接受这样的结果,因为自己的安全受到了威胁,如果不能够改变这种状况,很难保证下次或者下下次还会有什么人尾随自己,对自己做出什么事情来,毕竟他们知道自己的名字。

这次路过那家餐厅的时候,他特意向里面望了一下,结果没有人,那间房间和整条街上的其他房间一样。静悄悄的门上有把冷冰冰的锁,而唯一不同的是这家的墙面和玻璃确实更干净一些,看得出樱子平时有在仔细地照料它,这是它在这条街上脱颖而出、令人注目的点。房间的主人此时不在,他有些失望,转身想离开这里,但是刚走了没几步,一个声音就从背后响起了。

"是您吗?杜英先生要到哪里去?"

熟悉的声音一下子唤醒了他,杜英转过头看到正是樱子站在那里,她手上还提着一个大大的包裹,似乎是刚从外面回来的样子。

"啊,是你,樱子小姐。我是顺路想过来看看你,"他言不由衷地说道,"但看你没在店里,所以想了想,正准备走了。"

"如果不忙的话,不如到店里来坐一坐吧。"樱子热情地邀请道。

"好,好的,我正好也没有什么事。你对人的动物性怎么看呢?"

"人的动物性那不是理所应当的吗?"

樱子的坦率令杜英有点出乎意料:"是吗?在现

在这个社会，我总感觉这是一个大家避而不谈的话题，没想到樱子小姐你的看法却如此的直截了当。"

"因为这是很显然的呀，我们人本来就是动物性的不是吗？"

"那你觉得现在这个样子好不好呢？"

"好或者不好又有什么区别呢？其实大多数人是无法选择自己的命运的，我们一出生就是这个样子，无论是动物性还是植物性，又有什么区别呢？

"从前世界的人都是动物性的，所以人和人之间充满了纷争、冲突、掠夺、剥削，导致残忍的战争，现在我们的世界变得平和多了。你难道不这样看吗？"

"但是总觉得好像缺少了些什么呢！比如说，发展。"

"发展？我觉得现在人们发展得很好呀，而且原来那些人类无法改造的地方,比如说那些荒漠还有海洋,现在不都已经被我们攻克了吗?通过植物性的改造,原来那些难以生存的地方都已经建立人类的居住区了。现在商贸中赖以生存的物资,能够帮助人们在极度缺水和高温的环境中生存下去。还有海洋,那里的水分含盐度非常大,但是人们也能够适应那里了。这在动物性的社会是不可能的。这你应该再了解不过了吧,杜英先生。

"并且动物性的人总是会造成社会的不安定,我认为那些人应该不会存在的。难道杜英先生遇到过什么吗?"

杜英犹豫了一下,在想要不要把自己之前的遭遇告诉她,最终他决定原原本本地说出来:"是的,我曾经遇到过一个可怕的人,他在半夜里跟踪我,甚至还闯入了我的家里。"

"天哪！这真的非常可怕，杜英先生没有受什么伤吧？"

"还好，后来我想尽办法引起了检索者的注意，他乘机逃走了，我倒也没有什么大的损失。"

"但还是吓了一跳吧，这就是冲动，只要是动物性的人就很难抑制住自己内心的冲动，会做出很多荒唐的事情来。其实人只要顺其自然，不就是很好的吗？只要活得愉悦就可以了。"

她说着，往杜英的身边靠得越来越近。她身上的香水味笼罩了杜英，这让他有一些陶醉……紧接着，她的呼吸也已经传到了他的脸颊上，杜英感到一些热量正从身体的内部传来，好像下一秒钟就要迸发了。

"现在，您还觉得人的动物性是不好的吗？"樱子柔柔地说。

杜英回过神来，不禁哈哈一笑。

接下来的时间,杜英跟樱子逛遍了整个城市中心。因为好久没有四处闲逛了,杜英也是第一次发现,原来这座城市的中心已经差不多废弃了,甚至可以说,就连城市本身也早就是一株巨大的植物了。

漫步在巨大的树荫下,杜英的思绪一直在飘荡着——人到底是什么? 个体到底是什么? 又有什么重要的? 对于一株发育残缺的植物来说,其实不也就是一个个独立的细胞吗……细胞是可以更迭,可以淘汰,乃至可以替换的。人其实也一样。如果城市里的人都变成了植物,那么个体是不是也就不存在了? 可怕的是,好像并没有人对这一点产生异议,似乎在这个世界上,无论发生什么都是理所应当的一样。

最后两人玩累了,在一片树荫下并排躺着。

"对不起,樱子,其实有些事情我欺骗了你。"

杜英有些不好意思地说,却被樱子打断了。

"杜英,其实我也欺骗了你。我想告诉你,我的名字并不叫樱子。当你第一次见到我的时候,我也是偶然路过——我很久很久没有从家里出来了。那一天,不知道为什么,家里停水了,于是我产生了想到外面走一走的想法。在那之前,我已经很久很久没有出过门了。我在大街上漫无目的地走着,四周的一切似乎都跟记忆中的完全不同了。街上一个人没有,只有一家家无人的商店。路过饮品店,我留意到门没有上锁,于是就走了进去。然后,你就在那时候出现了。"

她顿了顿,继续往下说道:"饮品店里挂着一幅好看的肖像画,上面还有一行小字'献给樱子女士'。这样想来,原本的女主人应该就是叫作'樱子'吧。于是在那个时候,那个,我骗了你……真是抱歉呢。"

"没有关系，我并不在意。或者，我很感谢有这么一个谎言，能让我和你相遇，就像那些曾经的圣教徒说的，此乃命运的正轨。"杜英突然一脸严肃地说道。

樱子看到杜英突然这么严肃，只觉得好笑："哈哈，真的吗？说的这么高大上！那你骗我什么了，也让我听听是不是命运的正轨？"

"我是一个沉睡了许久的人，我并没有接受完全的改造，我的基因几乎都被改造成了植物基因，只是我的记忆还存在。"

"这是，真的吗？那你不就是那些被通缉的……"樱子忽然想起网络上经常说的动物性人类。

杜英没有回答樱子的话，而是说道："你知道吗？在我记忆里，一直有海，海蓝蓝的，没有边际，让我觉得很壮阔，可我现在无论在'云荫'的哪里,我都找不到了。你,愿意跟我一起去寻找吗?"

"你疯了!"

"不,我没有疯。"杜英坚定地看着樱子的眼睛,"我必须走,我要到外面的世界去看一看。也许我已经不再年轻了,但我做不到像别人那样,接受躺在家里的生活。我想知道这世界究竟怎么了。"

樱子知道他已经决定了,于是也答应道:"那么走吧,可是我确实没有办法跟你一起。"

"没关系,我会想办法带上你的。其实,没法带上你的人,至少我可以带上你的眼睛。"

"带上我的眼睛?"

"对,不光是带上你的眼睛,还要带上你的耳朵。你看现在有一种技术,可以把一个人见到的、听到的,以及感受到的一切,都转化成信号传递过来,这样就相当于我们两个人在一起了。"

"我知道,我听说过,是不是他们说的那种虚拟实境技术？"

"不太一样，虚拟实境是把世界做成虚拟的，然后真实的人在其中活动，你能感受到和知道的，原本就是事先预设好的一部分，比如说是利用程序写好的楼房、草木、鸟兽……你遇到的每一个人都是NPC。所以看似自由度很大，但其实在虚拟实境中，你所受到的限制是非常大的。而现在呢，我所说的是实时传输。"

"我明白了，就是说像那种感官直播一样，对吗？"

"对，直播！这是个古老的词，在很久很久以前，当人们还都是动物性的时候，曾经火过一段时间。我一开始弄不清楚为什么那时人们这么喜欢看别人的生活，也许因为那时候他们每天可以做的事情很多，他们的行动很快。所以说选择太多，反而成了他们的困扰。"

"我并不这么觉得,杜英,也许他们的行动是很快,但是他们的脑筋却不快。"樱子想了想说道,"做得很多,想得很少,你是这个意思吗?"

"对。嗯,不管是什么原因,现在我们都无从知晓了。我只知道那个时候人们是非常热衷于看直播的,赶上吃饭或者比赛的时候就更不用说了。我一开始不是很理解,但是就在前不久,就是昨天晚上,我顿悟了,我知道了,为什么人们总是喜欢看直播,这是为什么呢?因为孤独。我们总是孤身一人。"

"可是我并不觉得孤独,孤身一人有什么不好呀?"

"那是因为我们的感官和情感都退化了,变得平淡了。你知道吗?我觉得人不应该这样,人应该更加热烈地活着,更加纯粹一点。看看我们周围的世界吧,一栋栋的房屋、楼房,一个个的隔间,把我们每个人都与世隔绝了,我们都生活在自己的小天地里。我们每天晒晒太阳喝点水,营养液输上去就活下去,但是这样我觉得不对。人们吃饭是为了活着,但人们活着不应该仅仅是为了吃饭。"

樱子安静地听着,眼睛瞪得大大的,越发认真地看着杜英。

杜英继续说道:"所以我要走,我一定要走出去,而且我会进行直播!只对你一个人的直播。对,就像我刚才说的那样,我会带上你的眼睛,我会带上你的耳朵,我会带上你的舌头,我会带上你的一切……让我看到了、听到了、尝到了、感觉到了的一切,原原本本地都传达到你这里。"

"那样也许会很辛苦吧。"

"不,我不会觉得辛苦。"杜英说,"其实在技术上还有要实现的问题,需要可穿戴设备。它必定是很轻便的，但是信号的传输却需要很稳定……我们必须再有一个外接设备为我们传递信号。"

"是什么样的外接设备呢？"

"你看我都准备好了。"杜英说着打开了自己的背包，里面是一只精致的机械小鸟。

"它可真漂亮，这是什么鸟？我从来没见过这么漂亮的小鸟呀！"樱子看着它，眼睛亮了起来。

"这是一只特殊的鸟，它会在你和我之间飞行，从前的人们都是这样传递信号的。我们现在没有信号站，我不可能拖着长长的电缆给你传递信息，而无线信号塔也传不了这么远，所以必须得有一个来回传递信号的线路，就是它。我把它称为'信鸽'。'信鸽'是在很久很久以前使用的，比人类的黄金时期还要往前。过去的人们总是通过训练鸽子来传输信息。人们把需要传达的信息写在纸上，然后用丝线绑在鸽子的腿上，最后放飞。经过训练的鸽子们会长途跋涉,穿越千山万水,将重要的信息传送到友人的手上。这就是'信鸽'这个词的由来。但是因为我们现在用的不是真的鸽子,所以我把它改了个名字,叫作'鹊歌'。"

"'鹊歌'又是什么?"

"喜鹊是另一种人们常见的鸟,这种鸟是爱情的象征。在古代传说中,牛郎、织女每年七夕的时候,会在喜鹊搭成的桥上相会,他们每年只能见一次面,所以喜鹊也代表爱情。"

"这个故事很美,杜英,我喜欢你的故事,带我去吧。"樱子轻轻说道。

"我会的,樱子。"杜英将鹊歌握在手中,对着樱子说道。

14

风滚草

终于到了出发的日子。

杜英采用了一些辅助设备来增强自己的运动力。一双太阳能滑板鞋，还有一些登山手杖。不过太阳能鞋子只在阳光非常充足的时候才能使用，因它自带的蓄电池并不能维持自己运动太长时间，所以大部分的时间，杜英依然需要依靠自己已经不那么灵活的双脚来前行。

这正合杜英的心思，将双脚扎实地踏在大地上，然后一步又一步，就这样往未知的世界走。只有用双脚亲自丈量过的大地,才是最真实的世界。

"你愿意等我回来吗?"走了两天的杜英对着鹊歌中的樱子说,"这句台词很俗,但没有别的话语能表达我此时此刻的心境。"

"你在说什么呢?"樱子回复了几个字,"我们不是一直都在一起吗! "

杜英笑了,然后走得更快了。

杜英上路之后走了整整三天,从城市的边缘出发后,就再也没有见到任何人烟,只有一些废弃的公共设施和常年缺乏维护的公路。路面早已经开裂断层,许多不知名的草丛里,一些同样不知名的花儿正在盛开。他走了很远很远,沿着路一直走。他不知道终点在哪里,但是渐渐地,他已经可以看到面前的世界真的完全与原先所在的城市截然不同了。

到了第三天的日落时分,他终于来到了一个

小镇，这是他离家之后第一次见到有人烟的地方。食物袋和饮水罐都见了底，他急切地想要遇到一些人，寻求一些帮助，比如灌满自己的补给袋。小镇上没有什么人，但是他看到有些地方存放着书籍，是那种非常古老的书籍，用纸张做成的。此外他还看到了一些人的尸体，似乎是很久很久前此地的主人，他们早已化为了白骨。

他用心地看着这一切，时不时还自言自语。他要把自己的所见所闻都传递给樱子，就像出发前自己所承诺的那样。其实他不知道樱子是不是一整天都守在门前等待他，但他依然选择装满信息让鹊歌带走。

精巧的小机器非常敏捷，总是唰啦一下就消失在空中。杜英抬头望着蓝天，那里有一些丝丝缕缕的白云，像是极薄的棉花，白云的中间有一些孔隙，也许小小的鹊歌正是从这些孔隙中穿过去的,也许不是。白色的棉花挤挤挨挨地在蓝天上悬浮着,不一会儿,就填补上了那些孔隙,但是接着新的孔隙又诞生了。他好像是第一次见到这样的景象,因为在城市中他的注意力永远是在阳光的强度上。每一天最好都是大晴天。但现在他的心境已经产生了变化——云也是非常美好的。他喜欢这些云。

傍晚时分,他来到了一片森林。森林并没有印象中的那种郁郁葱葱的绿色,而是有很多的死树和枯枝。他在森林中穿行着,越过一棵树,又一棵树。树木很高大,有二三十米高,他没有目的地,就是简单地从中间穿过。

他在思考:为什么会有这么多的枯树呢?树木是很难成片成片地死去的啊。这些树看起来似乎是在一夜之间就失去了生命……植物并不像动物,虽然动物看上去更有活力,但是植物的韧性远远超过它们。无论是严寒还是酷暑，都很难夺去大树的生命。他走着走着，抚摸着这些树，突然间好像明白了什么。

这是一道防火墙。

也许在若干年前，这里曾经有过人类的村庄。这些树就是那时的人们种下的，它们是当地人们的守护神。森林供养着人们，为人们提供了每天的吃食和身上的衣物。夏天人们到森林中乘凉，冬天人们靠木柴取暖。这就是森林，它用最博大的胸怀无私地拥抱着人们，却不求回报。人们哪，就像是森林的孩子，有一天当人们不在了，森林也就失魂落魄了，它们依然站在这里，却不知道自己守护的究竟是什么。

它们开始干涸枯萎。

思念是一种病，是一种会传播和感染的病。当一棵树失去了自己的信念，整片森林也就渐渐地失去了自己的生机。终于，所有的树都会因为河水不再流淌，因为人们不再欢笑，因为失去了小鸟的歌声而逐渐枯萎。它们的灵魂已经逝去，只剩下躯壳伫立在这里。

夜晚很快到了，森林深处很安静，枯枝也没有想象中的坚硬。杜英轻轻地入睡，没有虫鸣，没有鸟叫。他梦见了许多人陪着他坐在一起，似乎点起了篝火。有男人，有女人，有老人，也有年轻人……他们围拢着他，抚摸着他，冲他笑，跟他谈话。天快亮了，大家手拉手地站了起来，迎向黎明。人们就那样站着。晨曦中，杜英终于睁开了眼，他看着眼前的树木，一棵棵连成一片，手拉着手站着，高高的枝条互相缠绕在一起，似乎在为他遮风挡雨。杜英抬头望了望初升的太阳，很刺眼，他感到眼角有泪流了下来。

杜英走啊走，不知道走了多长时间。每天，他把自己的所见所闻都编织在一起，让鹊歌送回旅途开始的地方。鹊歌就这样走了又来，有的时候是半天，有的时候是一天，还有的时候好几天，但它总能准确无误地找到自己。荒漠里的路太长太难走了，每一步都很艰难。他不知道自己的终点在哪里，他只知道这片荒漠是自己必须穿过和面对的。他很缺水，背包里的水早已消失殆尽。而在这样的荒漠上，几乎是找不到一点绿洲的，这时候他似乎突然明白了那一片森林究竟在守护着什么，又在抵挡着什么。对，它们对抗的正是这片荒漠呀。

杜英几次几乎失去了意识，但他又坚强地靠着自己的意志力挺了过来。在他几乎要支撑不下去的时候，鹊歌突然发出了吱吱吱的叫声。于是，他开始跟着鹊歌跑，他用尽了最大的力量，一步，两步，他倒在沙坑里，滚烫的沙子恩赐了他的口腔和鼻子。他站起来使劲儿甩甩头，想要摆脱这一切。他必须向前再向前,他一定要向前走,因为他知道有人还在等着他。

终于他见到了一片绿洲。这是一片不大的水塘,因为地势的缘故,在这戈壁的凹陷处有水的存在。水塘突兀地静立在荒漠里,就好像一个巨人拿着无形的砍刀在大地上留下的深深刀痕,而这些水就像是大地母亲流出的血液。他焦急地一头扎进水塘,拼命地吸吮着。过了一会儿,他看到水塘旁边有一些不知名的植物,像仙人掌一样。还有一株似乎结出了一个瓜,像是那种不太成熟的西瓜。他愣了愣,下意识地扑了过去,抓起它立刻啃起来。

他觉得自己野蛮极了,就像是一只动物。他啃着,啃着,突然觉得心里有些不舒服。

"对不起。"他小声说着,这个声音让他自己也吓了一跳,但他并没有停下咀嚼。

"对不起!"他又大声说着,嘟嘟囔囔的。他努力地嚼着瓜,瓜子和果肉在他嘴里变成碎块和渣子,汁液则随着嘴角流了下来。

"对不起,对不起!"他大声喊着,眼泪夺眶而出。

他有的时候会跟鹊歌说话,但是鹊歌只是眨眨眼睛或者是围着自己飞上几圈,并不会回话。他把所有的影像送回去,却很难得到樱子的只言片语,一是因为能量太少,二是樱子想把更多的空间留给自己。他明白樱子的意思,从一开始,他也没有对回信有过多的期待。

樱子,这个谜一样的女人。

戈壁滩是一个巨大的挑战,但是他终于走了出来。离开戈壁滩之后,他到达了新的城市群。这次他没有选择走进城区,而是继续上路。

每一个城市都已经变得荒芜了，这让杜英很困惑。在很久以前，那些城市应该也有很多的植物和人，就跟自己一直生活的地方一样。难道说现在自己的城市就是整个大陆唯一的人类避难所了吗？敌人……看不见的敌人究竟是什么呢？

他突然有答案了。

就在那一天。地平线的方向，远远地飞过来一片灰蒙蒙的雾，同时伴随着既熟悉又尖锐的声音。他立刻就明白了，那正是摧毁这一切的罪魁祸首。

蝗虫！数不尽的蝗虫飞了过来，遮天蔽日。

杜英想象不到，世界上怎么会产生这么多的虫子。他有生以来也没有见过这样的景象……那些害虫不应该长这么大啊。城市里的自动喷淋车永远会优先喷洒杀虫剂，将这些可恶的害虫扼杀在萌芽状态。这不仅仅是为了保护那些树木，更重要的,是为了保护已经"植物化"的人类。大部分的居民永远也不会外出,当然也就不可能直面这种可怕的境地。

杜英不一样,此时此刻,他不是在自己舒适的家中,也不是在自己熟悉的街道上,此刻他只有跑,快跑!

由远及近的灰潮吞噬了一切可以被啃噬的事物,望不尽的虫子如污水流泻般涌来,一些飞得快的蝗虫已经零零落落地开始掉在脚边。蝗虫的振翅声混在一起,就像是轰鸣着的巨大风扇,越来越近。杜英的腿比不上虫子的翅膀,他拼了命在城镇的街道上狂奔。在漫长安逸的城市生活中,他从来没有这样奔跑过。背后开始出现叮叮当当的撞击声,越来越大……那似乎是蝗虫撞击在周围的门窗上发出的声响……他从没见过虫子有这样的力量。

他没有发现任何可避之所，直到冲到一家废弃的商店前。商店的卷帘门是半开着的，他重重地撞了过去，接着用力往上抬，结果纹丝不动。蝗虫已经落在自己肩膀上开始撕咬，这时他才近距离地看清了这种怪物，那不是自己曾经在书上或是其他地方见到过的任何昆虫，它们更大，颜色更鲜艳，散发着莫名其妙的气味。每一只害虫都有半个手掌那么大，牙齿非常有力，不断发出"咯吱、咯吱"的声音。蝗虫覆盖在一切可以降落的地方，路面上、墙上、木门上，那种令人不快的噬咬声，从各个方向传来，刺激着人的每一根神经。

杜英再次用力去拽卷帘门，一些灰散落下来。破败的门发出吱吱的声音，但依然纹丝不动。很多不祥的触感从腿上、胳膊上、头发上传来……杜英努力甩着头，想要摆脱这一切，可是那些可恶的害虫无处不在。他不敢回头望，他知道背后已经变成黑色的浓雾,而这浓雾啃噬着一切,吞噬着一切。

动物和植物都无法抗拒,人也一样。无论是动物性的人还是植物性的人,都一样。

就在他马上要陷入绝望时,哗啦一下,卷帘门突然打开了。一只从门里伸出的手抓住了他,没等他明白过来,就被拉进屋里。

很多虫子跟他一起冲了进来,更恐怖的是,更多蝗虫继续像潮水一样涌了进来。将他拽进来的人在用力下拉卷帘门。"快帮帮忙!"他冲杜英喊。

杜英转过身去,忍着剧痛使劲儿地拉。他低头向下看,自己的腿正如踏入河流一般被虫子包围着。门终于关上了。杜英在地上滚来滚去,捶打叫喊,撕扯砸摔,大声咒骂。暂时安全了,他只听见卷帘门上不断发出叮叮当当的声音,像冰雹一样。

杜英脱力倒下,昏昏沉沉睡去。

15

猪笼草

杜英再次睁开眼时,看到房中端坐着的另一个男人。他穿着浅色的上衣和棕色的裤子,现在上面已经布满了肉眼可见的细小裂口。对视片刻之后,对方缓缓开始说话。

　　"老兄,你捡了一条命。"

　　"多亏了你,不然我就得死在这里了。"

　　对方摆了摆手,他的脸呈现出一种淡淡的紫色,好像喝多了酒。"你想要到哪里去?"他问道,"孤身一人在外面跑,很危险的啊。"

他把酒瓶递了过来。

杜英稍作犹豫，接过来，把手指插进去，随着缓慢地吸收，一团火似乎在身体里被点燃了。

男人看着他的举动，皱了皱眉头，却也没说什么。

"我是从远处的大树那来的，想出来看看海。"杜英"喝"着酒，回答道。

男人不置可否："恭喜你，你们的日子比我们好过得多。"

杜英感到纳闷，于是问道："就你一个人待在这里？"

"一个人待着。当然我也很想出去看看世界，但是环境不允许。"

"因为蝗虫？"

"因为蝗虫，它们还会来。"

杜英摇了摇头："它们为什么会长得那么大？"

"为什么？我也不知道。"男人耸耸肩，"以前的人类社会，一旦发生瘟疫、战争什么的，你知道什么会泛滥吗？"

"什么？我不太清楚。"

"鼠灾，就是老鼠会泛滥。"

"现在老鼠已经不多了。"

"那是因为大自然的平衡。"男人随口回答，"满世界都是喝水吃光的新人类，没有足够的食物，连老鼠也养不活了。"

杜英不知道该怎么回答。想了想，他继续说："我叫杜英。你叫什么名字？"

"名字……名字叫什么？我早忘了，名字重要吗？"

这句话把杜英问住了，好像确实不太重要。

"名字是什么？来自哪里？过去经历了什么？这些都在你还处于人类社会的时候才有用。当你周围有很多人时,你跟他们交往沟通总需要一个身份,你需要让别人知道你的背景身份。"男人拿过酒壶,给自己倒了一杯,"当独身一人的时候,你就是一个没有名字的人,也不会有人叫你的名字。"

他说着举起酒杯,一口倒进自己嘴里:"来吧,喝酒喝酒。"

杜英不再说话,拿过酒,也和男人一样用嘴品尝这种火辣的液体。

"我在这里待了很久了。以前我也有几个朋友,不过他们能走的都走光了。"男人回忆道,"对,有男人,还有女人,你懂的,大家都在一起,挺快乐的,但是后来都走了。我呢,我没有走。我只是一个人待在这儿。"

"你挺有勇气的,能够面对这一切。"杜英看着男人说道。

他突然哈哈大笑起来："你说错了，你叫什么来着，啊对，杜英！你听着，我是最没有勇气的那一个！他们都有勇气，他们都像你一样，他们还敢走出去闯一闯。不，你不要跟我说他们现在可能已经不在这个世界上了，或者在哪里变成了一堆白骨之类的……我不想听。重要的是，他们走出去了！他们是有勇气的，而我，我是个懦夫。"

男人大口喝着酒，抬头望着天花板说道："看看这个世界变成了什么样啊。我也曾相信这个世界会好起来的，因为世界上有更多像你这样的人。有了你们，我们总能找到我们未来的家人，我们未来的道路。"

杜英没有发声。

"杜英，你觉得这个世界是个弱肉强食的世界吗？"男人转头看向他。

"不，我不清楚。我自己也没怎么吃过肉。"

"这只是个比喻,比如说现在是在大海上面,你没有任何的办法,你是来自陆地的,现在没法回去,就好像一条水里的鱼到了岸上一样。你就是岸上的一朵幼小的花朵,现在落入了大海的怀中。"

"如果我不接受呢?"

"不是你接不接受的问题,我们每个人都有每个人的命运。一只猫在吃掉小鱼的时候,会在意小鱼的感受吗?一只羊在啃掉鲜嫩的草的时候,会在意草的想法吗?一缕阳光被你收集在光电感应板上,转化为能量输入到某个植物人的体内的时候,它会觉得自己的存在是有价值的吗?"

杜英沉默了许久,旋即释怀地笑了一下,夺过男人手中的酒,大口大口地吞着,他痛饮之后说道:"知道或者不知道,又有什么两样呢?你其实是个勇敢的人,也许你是对的,但我们终究会回归到一起，我们终究会变回真正的人类。"

告别了那个不知名的人，杜英又踏上了旅程。

酷热的天气挡不住他，高山挡不住他，沼泽地挡不住他，干渴挡不住他，饥饿也挡不住他。他依然向前进，像一个不忘初心的少年，始终想要前进。在史无前例的蝗灾中，唯一让他感到难过的事，就是心爱的鹊歌和他永远失去了联系。他找了许久也没能在路上找到一片鹊歌残骸，它究竟是被撕碎了，还是在风暴来临之前就逃走了呢？这一切都跟他不再有关系。

终于，他触及了遥远的海岸线，这里是大地的尽头。杜英没有了前进的路，就在海边的沙滩上坐了下来，他太累了，也不知道自己该往哪儿去了。

他昏昏沉沉地睡去了。

16

海神草

午夜时分，他在一些轻柔的歌声中醒来了。他感到很奇怪，不知道这是不是自己的错觉。他站起来看了看四周，什么人也没有。夜晚是清朗的，看得清天上闪耀的星星和巨大无比的新月。

他沿着海岸线缓缓地走。大海上波光粼粼，他似乎听到了隐隐约约的歌声。他在微风中仔细听了一会儿，确定是有人在唱歌。杜英细细地判断着，随即发觉那些歌声不是来自别处，正是来自远处的海上。他犹豫了几秒钟时间，随即把脚踏进了海水里,沿着松软的沙滩一步一步向海水深处走去。

海水很冷,苦涩的滋味立刻包围了他。这里有很多水,却不是河里或湖里的淡水——盐度太大了,自己的根足不仅无法从海水中获得水分,而且自己的水分还在向外散失。他知道自己坚持不了多久,但还是抑制不住内心的冲动。他想要一探究竟。

就这样在海水中漫步了很远很远,杜英的根足几乎不能再碰触海底了,他停下来望着远方的波光。突然间他看清了,那是一个女孩,她正半躺在水中轻轻地唱着歌。

这是在做梦吗?

他惊呆了,就在这时,他又听到了其他的歌声。那个女孩身边,还有其他人在唱歌!

许多的人。他们都躺着或者半躺着漂浮在海

水中,似乎在随波逐流。他们自由歌唱,非常快乐,惬意从容。大海是他们的摇篮,天空是他们的舞台,而星星则是无比忠实的听众。

他情不自禁地向前走着,内心充满疑虑:"他们是什么人呢?"

那些唱歌的人发现了他。

"是人类吗?"

"嗨,你是谁?"

"快来看,这里有一个外来的人。"

"天哪,他是不是迷路了才会走到这里来?你们看看他身上的伤痕。"

那个唱歌的女孩向他挥手,跟他打起招呼来。

杜英大声问道:"你好,你们是人类吗?"

"哈哈,我们当然是人类,亲爱的旅行者。不过,我们已经很久没有见到来自陆地上的人类了。"

"你们,你们为什么会在海里……生活?"杜英好不容易才找到一个合适的词。

"我们跟你有什么不一样呢?"女孩微笑着问。

借着月光,他看清了对方的脸。那似乎不是正常人的肤色,他们的手臂似乎也比自己有着更多的根须。不仅是手臂,他们的身体各处都伸展出一些细密的根系。

"我们跟你一样,是经过了改造的人类。只不过我们更能够适应水里的生活。"

"是海里,不是水里。"杜英纠正着他们。

"有什么不一样呢?以前的人类不能生存的地方我们却可以,所以我们已经是新的人类了。亲爱的旅行者,你要不要回到岸上去?或者到我们的家园看一看?看起来你不太适应水中生活,所以还是请早点回去吧,不然你很快会因为脱水而失去意识的。"

"我能……跟你们去看一看吗?"杜英有些迟疑地问道。

"可以,但是需要我们托着你。"

五六个水中的人类聚拢起来,将杜英夹在其中,这时候的杜英就好像躺在睡莲上的孩子。他们轻轻地随水游荡,轻轻地唱歌,拍击着水面向前浮游。杜英躺卧着,渐渐看到了更加璀璨的景象,那是一座灿烂的、由莫可名状的植物和贝壳构建成的海上宫殿。

"你愿意到我们那里去做客吗?"女孩向杜英问道。

"我很想,真的,我很想。但是我不知道……"

"你可以留下来一直陪着我们。"女孩说,她的声音很柔很柔。

杜英看着这个女孩,觉得她有些眼熟。她的脸长得多么像樱子呀……樱子,已经好久没有她的消息了。自从自己的机械小鸟消失之后，他就再也没有联系到樱子。但是现在，樱子的脸却又一次清晰了起来。尽管面前的女孩也很亲切，但杜英突然明白，自己该回家了。

一瞬间，他清醒了。杜英从前做过很多梦，回忆的时候，他觉得自己就好似身处海底，一层一层地向上游，从意识的最底端游到最浅层……现在他已经触碰到了梦境的深处，那么，梦该醒了。

"我想见见你们在海里的世界，我也好想和你们一样，在海中漂荡。可是我的根须不在陆地便无法运转，我的心脏也会因此而难以跳动。"杜英闭上了眼，轻声说道。

"也许，只要你愿意，我们可以……"女孩笑了笑说道。

"不用。"杜英打断了女孩的话，重新睁开眼，"跟旧的人类比起来，我是新人类，但在这里，我却是旧人类,我还有在大地上留恋的根。谢谢你,让我想起了一个女孩。抱歉了,我是一名在大陆上游走的旅行者,现在我该踏上回家的路了。"

　　女孩率先放开了他,水中的人们也没有过多挽留。

17

仙人掌

在海水中沉溺时，杜英回忆了自己的一生。

他想起了樱子的话，以及柔软的发梢和体温。他想要迫不及待地奔向她，去大声询问："你现在还觉得动物性的一面是不好的吗？"

他饥饿，他干渴，他抑制不住原始的冲动。他想抛却一切地奔向她，就像是一只归家的候鸟，一条洄游的鱼。

"樱子，我准备回来了，我要回来了，我必须回来了！"杜英向天空喊着，周围回荡着的只有他自己的回音,这些话充满了急切,包含着一种力量,一种使命感。

"我看到了蝗虫,我看到了毁灭……我们太闭塞了,我们每个人的生活都太没有波澜了,没有冲破牢笼的欲望,没有四处奔走的想法。周围满是荒凉,'云荫'就像人类的一场梦,我们需要醒来,我们该把祖祖辈辈留下的东西拿起来了。"

"我马上就能回来的,我回来见你,我去呼吁人们……我!"杜英越说越激动,一种痛彻心扉的感觉从胸腔冲上大脑。

他哭了起来。

杜英开始加快步伐,那些曾经让他感觉难走的路不再难走,那些干渴也不再是问题,脚下的根须也不再束缚,他要向她奔去,回到她的身边,就像那天说过的那样。

"你愿意等我回来吗?"

"你在说什么呢，我们不是一直都在一起吗?"

杜英就这么跑了五天,跑过了沼泽、森林,然后又是戈壁,也见到了一些人。在形形色色的人口中,杜英了解到了这个世界的真实,就像是岩壁上被光照射投下的影子。有的人晚上会邀请杜英一起喝喝酒,有的人连招呼都不打便跟杜英擦肩而过,但大部分人口中都在诉说着一件事——恐怖的紫云漫天而来, 像是一只不知困倦的野兽。那是比蝗虫更可怕的存在。

特别是在经过某处遗址的时候,一些植物上长着千奇百怪的菌类。那些植物,像极了那种将死之人,被吸光了最后的精气。杜英看着,终于想起了那些死去的森林,没有了森林的声音,也没有了森林的心跳。人们有的继续躲,躲到水里、山里,甚至是海里,但是躲永远不会解决问题,只有人们真的愿意直面这些问题;有的人则不一样,他们走回了祖宗的老路,重新当回了充满野性的动物,他们的根须渐渐消失,肤色渐渐变得红润。如果是曾经的杜英,他一定会说,这是一种退化,一种发育不完全,然后像城市里那些整天喊着"检索、搜索"的检索者一样狠狠地排斥这些人。但是认识了樱子、走过了许多路的杜英明白了,似乎人类的植物化才会走向一种衰落。人们失去了欲望,开始深居简出,变得沉默寡言,变得单一,这才让无数的消息闭塞起来,像一个又一个水洼被淤泥污染。

越是在外面逛,杜英越是把无尽的思念化作一丝一缕的担心。杜英想起自己出门前"云荫"频发的事故和下降的效率,他的大脑几乎和中枢室锈得快坏掉的水管突然能拧出水时一样了。

他突然明白过来,恐怖的紫云应该是孢子,换句话说,是蘑菇!蘑菇孢子是一种独立于植物和动物之外的存在，以至于无论是动物性的人，还是植物性的人，都无法抵御它的侵袭！

菌类应该已经渗透进整个"云荫"系统了，它们就像蛰伏起来的昆虫，只等一声惊蛰的轰雷，那时人类最后的港湾就会坍塌！

杜英不再留恋路上的故事，这次他的胸中生长出一种使命感，一种孩提时的梦想，就像杜英年轻时，幻想着在"云荫"的中枢室上班。

"供养了我这么久，现在，该我为你做点什么了——大树。"

18

太阳花

杜英回到了城市。

远看城市没什么变化，杜英先是松了口气。"云荫"这几十年越来越大，遮天蔽日，有些东西必须得去内部看看才行。还有樱子，不知道樱子怎么样了……但是杜英现在管不了那么多了，他要先上电梯。

无数的高楼鳞次栉比，无数的灯光闪烁又灭了下去，参天的"云荫"，越往高处越看不清东西，漏下的不再是光，而是暗。

杜英在电梯里往上看忽而又向下看去,将自己的感情揣到心兜里,他知道他已经认可了樱子的话,但现在还不是时候。认可?这个社会有太多太多的人是改造好的,他们没有了那样热忱又明亮的激情,只剩不断在营养液和叶绿素中徘徊度日。就像一直活在大树下蹭着一点点光亮而生长的幼苗,虽然缓缓生长着,却永远也长不成参天大树,只能是每天耷拉着叶片、数着自己一天又一天流逝的日子的小叶苗。

　　越是接近光, 越是被自己影子的黑暗所吞噬;越是渴求光,越是被光明吞噬。渐渐地他们就真的像植物了,忘记了自己的祖祖辈辈曾真正追求的东西——欲望和满足。

　　他的心脏在肾上腺素的鼓动下,正在“扑通、扑通”地跳动着。他终于来到自己曾经的工作岗位——中枢室。

他推开中枢室的门,老 A 正在看着指标,他瞥了杜英一眼,随即笑着说:"好小子,你可算度假回来了!"

"老 A,很奇怪吧!"杜英看了一眼老 A,喘了口气,并没有回答老 A 的问题,"'云荫'的工作效率最近越来越低了。"

老 A 愣了一下,然后说:"确实,'云荫'的工作效率一直在下降,而且还不会回弹,是不是固件老化了?"

"不是,是危机,是一场突如其来的灾害!"

"灾害?不可能啊,所有的虫灾都会被检索者预先发现并杀灭掉啊,甚至每天都会出动全自动杀虫车把虫子扼杀在摇篮里。你是不是出去跑了一趟,人跑傻了?"

"还真是傻了,我出去一看外面早就天翻地覆了,我直接傻眼了,好多树都枯死了。"

"真的假的？听他们说外面的世界不是还挺美的吗？不是跟咱们这个地方一样，周围都是很多大城市和'云荫'吗？"老 A 疑惑地询问道。

杜英摇了摇头，说："不是的，那些大城市早就灰飞烟灭了。我们过得像植物一样，我们的信息也因此太过闭塞了，什么都不知道，什么都不清楚，互相之间发生了什么，根本都不了解。"

"那照你这话的意思，我们这个城市还算是人类最后的避难所了呗。"

"确实，这是人类最后一处根据地，但是我们最后的一处根据地也快被那些孢子们给侵占了。"杜英严肃地看着老 A，"这已经是我们最后的一条防线了。"

"你，你没骗我吧？你别出去一趟，被，被什么其他坏人给骗了。"老 A 惊讶地看着他，"你变得不理智了，就像那些什么，最近在被通缉的那个，那个动物性人类一样。"

"真没骗你老 A，这都是真事儿。它们是一些蘑菇。它们会寄生在那些有叶绿体的生物身上，贪婪地汲取着养分。然后等待一个合适的时机，只要时机一到，它们的种群达到足够数量，它们的孢子就会爆发在天空中，形成漫天的紫云。"杜英拍了拍老 A 的肩膀，"老 A，咱们要想真正活下去，必须得切断一些'云荫'。"

"不行，这可是件大事，如果你说的是真的，那我就得先向上级报告一声，让他们注意了。"

"唉，好吧，老 A，但说实话，我不觉得他们能注意到什么，'云荫'太大了，遮住了他们能看到阳光的双眼。"

这天下了班，杜英去找了樱子，他明白他必须去找她一趟。于是，又是那个饮品店，两人再次见面了。见到樱子，杜英有着说不出的开心，可是对于樱子来说,有着说不尽的埋怨。

"你在外面发生了什么,为什么我在好久前就收不到你的录像了?"

杜英挠了挠头,有些抱歉地说:"对不起,我在沙漠里遭遇了虫灾,铺天盖地的蝗虫向我袭来,差点就没活下来。"

"怎么会这样,外面不应该都是大城市吗?怎么会出现这么可怕的虫灾?"

"外面的大城市都已经毁灭了,幸存的人类有的进大海里了。我见到了大海,就是那梦寐以求的大海,海里也有着人类,他们更植物化。虽然大海很美,可我不属于大海,我是陆地的一份子,所以我回来了。"

"没想到外界已经变化成那样了。我一开始以为你疯了,想要出去探险,没想到外面其实已经天翻地覆了,而我们却还整日在'云荫'下躲着不愿意面对，或许我们一开始就错了。"

"不。没有什么对的错的，人类当时选择进化是社会固有的形式。说实话，新人类、旧人类，动物性、植物性不都是一样的吗，我们奔跑在大地上，选择一个个不同的方式活下去，这本身没有错，生者无罪。我在沙漠里遇到了新人类，也遇到了固执的旧人类，他们的形态已经和我们现在迥乎不同，可是我能感受到，他们本质还是跟我们一样，为各种各样的感情而活着。也就是说，我们都还是人类。"

"是吗，看来'大哲学家'转了一圈收获颇多啊，准备改变社会了吗？"樱子调侃道。

说到这里，本来带着点哲学意味的杜英严肃了起来，像个无畏的英雄，他闭上眼，轻轻仰起头，说："是啊，人类要脱离梦境了，说真的，樱子，如果有一天'云荫'被毁灭了，你会怎么办？"

"我？我可能会找个地方逃离这一切吧，我对这些已经不太感兴趣了，我每天都待在家里，已经忘了真正的阳光普照是什么感觉了。"

"那，那你愿意陪我一起吗？"杜英微微颤抖着，说出这句被思念藏了好久的话。

"傻瓜，我们不是已经在一起了吗？"樱子笑着说。

杜英听了，看着樱子，随后也微笑着说道："是啊,我怎么忘了呢？"

"我们早已心心相印。"

19

终章·风信子

第二天，杜英早早来到了中枢室，看着这些熟悉的仪表盘，他突然感到亲切，除了高耸入云的'云荫'，陪他度过这些年的，也就剩这一屋子的仪表盘了。他拿起毛巾轻轻地擦拭着它们，像是在清理一座墓碑。

没一会儿，老 A 推门而入，见杜英正在擦拭这些仪表盘，似乎明白了什么，他问道："杜英，你不会打算自己行动吧？"

"老 A，我求你了，这次你得帮我，'云荫'分为十个区,现在大部分已经被孢子感染了,我得找到一些没被感染的纯种基因才能救城市。曾经中枢室是在'云荫'内部的,你一定知道哪个区会感染少,我得先去一趟。"

"那其他'云荫'呢?让它们在这留着吗?"

"不,其他的全部都得切断,它们都烂了。"

老 A 沉默了一会儿,说:"那咱们这里不也完蛋了吗?"

杜英站了起来,将手放在老 A 的肩上:"怎么可能完蛋了呢,人都活着呢,只是机器不工作了,可能需要些时间适应,但我们是植物性的人,时间会治愈我们的伤疤。"

老 A 看着杜英的眼睛,那双眼睛冒着火和光,像一个不停地"叮、叮"打铁的锻炉。老 A 叹了口气,坐在了椅子上:"去 14 层找'云荫五',当初'云荫'的上层商场靠它供电,现在那块没人去了,但那里是整个'云荫'最干燥的地方,所以营养产出稳定,也因为干燥,大概不会有太多孢子入侵吧。"

"谢了,老 A,帮大忙了。"杜英夺门而出,直奔电梯。

"不,"偌大的中枢室,只剩老 A 坐在椅子上,他仰着头,轻轻闭上眼,仿佛使命完成后脱胎换骨的圣徒般喃喃道,"是我们要谢谢您。"

杜英冲进电梯前往 14 层,他从电梯向外望去,外面的景物越来越小,自己仿佛脱离了地心引力,像是升腾而上的火箭,又像是准备射穿月球的炮弹,但不论像什么,杜英知道自己已经准备好了。

电梯的数字变化着:9,10,11……

忽然,电梯剧烈抖动,灯光暗了下来,随后是更剧烈的震动。杜英不知道外界发生了什么,但他估计大概是"云荫"的能量负载了。

杜英出不去了，即使他用尽全力也无法打开电梯门。他慌了，为什么偏偏是这个时候，为什么自己在外流浪了如此之久，还是无法拯救人类这最后的梦境。

　　杜英瘫在了电梯里，如同被抽走了骨头。

　　忽然电梯灯亮了起来，按键重新点亮，只是14以上的层数全部变成了灰色。杜英拼命地爬了起来，像是溺水的人终于抓住了长在岸边的芦草。他疯狂地摁着14层的按钮，半分钟后，电梯终于抵达。杜英冲出电梯，还没来得及想明白，一个紧急通讯打来，另一头正是老A。

　　"杜英，你没事吧？天上真冒紫云了，刚刚全城都断电了，上层的供电完全不能用了，连树冠防御都没顶住。我把14层往上的电源全部切断了，启用了备用供电，你抓紧吧！"

　　"嚯，老A，没想到你这么可靠，你可比我适合当英雄。"

"都这时候就别嘴贫了,对了,你那位樱子小姐也在这。妈的,一断电人家姑娘就跑到中枢室来找你,人家可说了,要活的你,不收睡着的啊。"

杜英听了,心中一暖,力量充盈全身,他笑着说:"等着吧,我和纯种基因一起回去。"

杜英挂了电话,没命地跑起来,比起那些迟钝的城中居民,他已经重新学会了奔跑。他快速地来到"云荫五",冲向电脑翻阅基因数据。

"基因重合率 75.19%,未记录非纯种。""基因重合率 64.33%,未记录非纯种。""基因重合率 85.02%,未记录非纯种。"

…………

"基因重合率 99.93%,确定为纯种。"

找到了,纯种基因还存在!杜英迅速提取出纯种基因,并从一旁的紧急疏散口直冲向一层。他

一边奔跑，一边与老 A 通话，让老 A 摧毁所有的
"云荫"。老A 没有犹豫，当即切断了与"云荫"的
联系，没有维护的"云荫"着起了大火，滚滚黑烟
将满天紫云吃到了肚子里。

大火烧了整整两个月，大多数的人安然无恙
地活了下来，而"云荫"的少部分人没能救下来。杜
英和尚存的技术人员沟通后，终于在两个月内设
计制作出了叶伞。那是一种形似几百年前人们在
下雨时用来挡雨的工具的便携装置，能通过光合
作用提供少许能量。也因此，一些基础设施初步
恢复建设，同时人们也开始改变。

或许是人类祖祖辈辈留下来的基因所致，在
遭遇灾难后，人们开始抱团取暖，而不是像曾经
那样各自在家里静静地待着，联系多了，哀号与
痛苦也就被团结所打败了。人们尽情地在餐馆吃

东西，虽然还是不怎么吃肉，但显然，这座城市的欲望在开始增加。

看着这样的世界，杜英不禁笑了出来。

"还偷着乐呢，救世主，结个婚这么开心吗？"老A走了过来，拍了拍杜英，杜英回头看见了老A和穿着青色长裙的樱子。

为了提振人们的心气，也为了完成自己回来的心愿，杜英和樱子准备搞个几百年前的旧习俗——婚礼。

"你愿意和我在一起吗？"杜英牵着樱子的手。

"傻瓜，我们不是已经在一起了吗！"

那一刻，风吹过你留下的讯息，故事结局的种子也就已经埋下。风信子轻轻地被风带到了蓝天上。

创作谈

口中方舟

/ 游者

民以食为天。在我们的文化中,"吃"是顶天重要的事。出门打招呼,一句"你吃了吗"(有的地方是"你喝了吗")是最高的礼仪。

三五好友,聚在一起,寻一小馆,升起人间烟火,再加上酒精,小酌微醺,开怀畅谈,放肆欢笑,是难得的惬意时光。

人是群体动物,只有聚集在一起时,才会觉得安全,才敢宣泄情绪,才能尽情释放。这一点,几万年来如此,再过几万年亦然。生物需要新陈代谢才能维系生命,自然界就是单纯的弱肉强食、吃与被吃的关系。人类社会经过漫长的演化,用文明的表象掩饰了很多东西,总有些人——比如鲁迅——认为,其实历史的每一页都依然写着"吃人"。

当然笔者并不认同。"吃"永远是一件令人开心的事。

当度过了不如意的一天之后,无论是学习工作不顺,考试没通过,工作被 PUA(Pick-up Artist 的缩写,引申意指"职场精神控制"),或者跟男朋友吵架闹分手……你总还可以在一顿热腾腾的佳肴中得到慰藉,这时候,一切的难过和沮丧,都可以被溶解被消化。

可以是关东煮,可以是麻辣烫。

恰恰是这些细碎的开心抑或是不开心的片段,聚拢在一起,组成了富有生气的人生。我试图表达这样的生活。我将各种有趣的食材精挑细选,盛在最恰当的器皿中,仪式般地一样样端上来,先陈列,再食用。如同精美的火锅,视觉享受和味觉享受,一样不能少。

　　我将整个故事分为了泾渭分明的两部分。第一部分,将视角落在三名年轻的城市女孩身上,主要讲述她们之间的感情和生活。这个时候,世界已经在她们并未察觉的角落开始了慢慢地改变,最终不可抗拒地侵入她们的生活中。第二部分,将视角放得更远一些,整个世界都已经改变,全人类已经群体"植物化"。人们丧失了行动能力、思考能力,最后丧失掉所有的欲望,也包括爱的能力。

　　生活化的场景,可能更利于读者们阅读。笔者希望这是一些读起来没有什么压力的段落,就好像有邻家的姐妹跟你分享日常生活里的点点滴滴。到了后来,黑暗的势力在蠢蠢欲动,步步逼近。小白与樱子,就像鸳鸯锅的两端,白与红的火锅汤料。两个人无论是爱好还是为人处事都截然相反,是一个镜子的两面,在经过多年的分别以后,两个漂泊的灵魂又彼此依偎。互相为了靠近对方而努力,结果却站到了对方的对立面。原本清晰鲜亮的锅底,清汤锅变辣,辣锅却变淡。这个结局完全背离了初衷。

第二部分的故事,我希望更多呈现科幻化的场景。故事是以一种纯科幻的方式打开的,世界已经快进到了未来,人类社会发生了深刻的改变——人们用手指进食,感官麻木,思维钝化,对一切变得漫不经心。在这个社会中,还保留一点"动物性"的人被"植物性"的人排挤。技术一直在进步,没有进步的只有人本身。在故事的后段,因为人的本质还是动物性的,所以恰恰是这些当初被排挤的人(代表是杜英)拖着已经退化的双腿，最终迈出了回归原本人类的第一步。

但是人们会回到本源吗？这点笔者还不想给出确切答案。遮天蔽日的人造绿叶、铺天盖地的邪恶虫灾、肆无忌惮的孢子蘑菇云、悠然自得的海洋人类……未来人类究竟会走向哪里，其实还完全是一个未知数。

希望可以给读者们一点启发。

回归生命的本能与欲望

/ 刘洋

　　《饱足的荒年》是一部探讨人性与欲望的科幻小说。这部作品通过上下两篇的分章叙述,构建了一个既充满想象力又引人深思的未来世界,让读者在跌宕起伏的故事中体会到作者对现实社会的深刻洞察和未来可能走向的警示。

　　在名为"杂食年代"的上篇中,作家游者以细腻的笔触描绘了主人公白小宁的日常生活,以及她与好友樱子和安平的互动。通过对食物的描写和人物之间的对话,作者展现了现代社会中人际关系的微妙变化和个体内心的孤独感。在类似轻小说的叙事风格中，一种名为"植物人"的改造技术逐渐浮出水面，故事随之发生剧烈的转向，也引发读者对科技伦理问题的思考。名为"禁欲猛兽"的下篇则进一步深化了这一主题，通过杜英的视角，揭示了一个更加阴暗和复杂的未来社会。在这个由植物性人类主导的世界里，人们通过光合作用获得能量，生活在巨大的人造结构"云荫"之下。这种生活方式在一定程度上解决了资源短缺的问题，但同时也带来了新的问题，如个体的自由受到限制，社会规则变得越来越僵化。小说中的杜英，通过与不同人物的交流和自身的探索，开始质疑这种生活方式，并最终决定采取行动改变现状。

游者的写作风格在《饱足的荒年》中得到了充分的体现。他以细腻的情感描写和丰富的想象力,构建了一个既真实又超现实的未来世界。通过对日常生活的细节描写和对未来科技的合理推测,作者成功地将读者带入了一个既熟悉又陌生的环境,在惊奇性和故事性上都达到了不错的效果。

在整部小说里,植物性人类与反抗者之间的两种生命态度,是最精彩也最引人深思的故事设定。植物性人类通过光合作用获得能量,过着表面上无忧无虑但实则单调乏味的生活。这个设定,不禁让人联想到禁欲主义的理念。在西方,禁欲主义是一种与宗教紧密相连的哲学主张,主张克制世俗欲望和物质享受以求精神升华的思想。作为个体的生活方式,其固然无可厚非,一旦将其作为一种文化和行为规范,则必然会导致社会的衰退。比如,尼采曾严厉地批判禁欲主义,认为其压抑了人的生命本能和创造力,导致了生命力的衰退和社会的僵化。尼采强调，人应该肯定生命，拥抱自己的欲望和激情，因为这些才是人类进步的源泉。

在小说中，杜英这个角色的旅程，从某种程度上正好应和了尼采对禁欲主义的批判。杜英在"云荫"下的生活是单调而乏味的，他的日常被严格的规则和秩序所束缚，这种生活状态与尼采所批判的禁欲主义的生活方式有着惊人的相似之处。尼采认为，禁欲主义忽视了人的身体和感官的需求，而杜英在"云荫"下的生活正是对身体和感官的极端压抑。然而，当杜英走出"云荫"，面对外部世界的荒凉与挑战时，他开始体验到了生命的多样性和丰富性。他遇到了各种各样的人，包括那些坚持动物性本能的旧人类，以及完全植物化的海中新人类。这些经历使他意识到，人类的本质不是静态的、单一的，而是动态的、多元的。

尼采强调生命肯定和身体的重要性,而杜英的旅程恰恰是对这种生命肯定的探索和实践。

　　总的来说,《饱足的荒年》作为游者的最新力作,不仅延续了他一贯的文学风格,更是在其对人性和社会的探讨上达到了新的高度。通过这部小说,游者向我们展示了一个由植物性人类主导的未来世界,以及这个世界中个体如何面对内在欲望与外在规则的冲突。在这个世界里,尼采对禁欲主义的批判得到了生动的体现,使得这部作品不仅仅是一部科幻小说,更是一篇哲学沉思录,值得每一位热爱生活、热爱思考的读者细细品味。

　　(作者系科幻作家,重庆大学中文系副教授,凝聚态物理学博士)

手账

来源于日本，标准写法为【手帐】（手帐 てちょう），指用于记事的书页